Au cœur de la nature

24-32 rue des Amandiers, 75020 Paris

Correction : Catherine Rigal, Maxime Gillio, Caroline Vanhoove
Mise en pages : Nord Compo

Loi n° 49-956 du 16 juillet 1949 sur les publications destinées à la jeunesse,
modifiée par la loi n° 2011-525 du 17 mai 2011.
Dépôt légal : septembre 2022
Imprimé en Slovénie. Printed in Slovenia.
Produit conçu et fabriqué sous système de management de la qualité certifié AFAQ ISO 9001.

PEFC
PEFC/27-31-98

Certifié PEFC

Ce produit est issu de
forêts gérées durablement
et de sources contrôlées

www.pefc-france.org

Pascal Brissy - Alexandre Chardin -
Christine Féret-Fleury - Fabien Fernandez - Erik L'Homme -
Jean-Luc Marcastel - Anne-Fleur Multon -
Mathilde Paris - Lucie Pierrat-Pajot - Aurélie Wellenstein

Au cœur de la nature

AUZOU

PASCAL BRISSY

LA COURSE À LA SURVIE

Courir… Je dois courir, ne pas m'arrêter…

Oublier la douleur de mes muscles et mon souffle de plus en plus court…

Derrière moi, j'entends hurler :

— Il est là ! Attrapez-le !

Le terrain à affronter se fait montagneux. Les rochers sont plus difficiles à franchir au fur et à mesure de ma progression. Combien de temps vais-je pouvoir tenir cette cadence infernale ? Je n'en ai aucune idée mais je n'ai pas le choix. J'emprunte un nouveau chemin de traverse pour me faufiler dans un goulot étroit entre les pierres. La lumière du matin m'annonce la sortie. Soudain, j'hésite. Un bruit de pas révélateur confirme mes craintes… L'un d'entre eux m'a rattrapé !

Je demeure immobile, pétrifié comme une statue de sel. Il s'éloigne. Je serre mon butin contre moi un peu plus fort. Mon esprit est envahi par les images de différents scénarios. Aucun ne finit bien. Mais ma décision est prise depuis longtemps : « Ils ne m'auront pas comme ça ! »

Au bout d'un moment pareil à une éternité, je me hasarde à un rapide coup d'œil. Je rêve de voir apparaître un horizon de chênes avec, sous leurs étages, des noisetiers, des fusains ou des houx pour mieux m'y cacher. Au sol la lumière traverserait leurs feuillages pour encourager les primevères ou les muguets sauvages à se montrer… Hélas, les rochers continuent de se chevaucher jusqu'à une étendue dégagée en contrebas. Un terrain pauvre, majoritairement plat, qui n'invite pas aux rêves d'un avenir verdoyant. C'est pourtant dans cette direction qu'il me faut reprendre ma course pour tenter de leur échapper.

Leurs cris reprennent. Combien sont-ils au juste ? Trois ? Peut-être quatre… Je n'ai pas le temps de regarder en arrière. Un caillou se dérobe sous moi pour me rappeler à la concentration. Tout à coup, j'aperçois une possible solution. La terre est zébrée par un cours d'eau qui cherche lui aussi à s'imposer dans ce décor de désolation. Je ne sais pas nager. Un problème vite écarté par la silhouette qui surgit devant moi.

— Cette fois, tu n'iras pas plus loin ! m'avertit mon adversaire.

L'homme est grand, quasi géant. Il porte des habits crottés de boue et une partie de son visage famélique est cachée par un foulard du genre camouflage. Ses yeux me fixent, avides, cruels. Ses mains gantées brandissent un bâton noueux dans ma direction et lui donnent l'allure d'un monstre dégingandé.

Un vent sans pitié balaye la scène de notre face-à-face. Je dois réagir avant que mes autres poursuivants nous rejoignent.

Trop tard ! Il frappe.

J'esquive de peu d'un bond sur le côté et pousse un cri malgré moi. Prêt à tout pour m'en sortir, je saute vers un énième rocher et prends même appui sur son bras au passage. Heureusement, je suis rapide. Il arrive à peine à comprendre que je ne suis déjà plus là. L'heure n'est pas à la victoire pour autant. Je grimace à l'idée de perdre mon chargement. Ce butin n'est pas facile à transporter. Je dois conjuguer avec ma course folle, improviser parfois en le coinçant entre mes dents. Mais je n'abandonne pas. Je ne dois pas.

J'atteins mon objectif. L'eau et son courant qui, depuis les rochers, me paraissait presque mort. Il n'en est rien à mon échelle. Tous les éléments cherchent à survivre dans ce monde chaque jour plus hostile depuis qu'ils ont disparu… Vite, je n'ai plus le luxe d'hésiter ! Ils sont toujours derrière moi !

Ni une ni deux, me voilà emporté dans un combat différent. La froideur des flots me cisaille le corps tout entier. Je tente de garder la tête hors de l'eau bien que plusieurs gorgées s'invitent dans mon gosier sans prévenir. J'étreins mon trésor davantage, ultime désespoir placé dans ces deux petites choses que je tiens. « Si je dois en périr ce sera avec elles, pour elles… »

Et je perds connaissance, je crois.

À mon réveil, je suis étonné d'être toujours en vie. Je me traîne péniblement sur la rive, trempé jusqu'aux os, ruisselant. À première vue, cet endroit inconnu paraît calme. Pourtant, mon regard reste préoccupé. Je scrute les environs, inquiet, et finis par pousser un soupir soulagé… Mon trésor s'est échoué un peu plus loin. Il est divisé par deux désormais, l'autre partie a dû être emportée dans ma fuite désespérée.

« C'est toujours mieux que rien, je songe, il reste une chance… » Je récupère ce bien si durement acquis pour l'examiner avec nostalgie. Je n'arrive toujours pas à comprendre. Moi-même j'aurais pu la croquer sans chercher plus loin. Mais il faut croire que durant ces années où ils ont tout détruit sur leur passage, ces hommes ne se souviennent plus de rien. Ils en sont venus à ignorer l'origine des choses…

Je m'interroge : « Une graine, une simple graine peut-elle à ce point tout changer pour demain ? »

Un moment plus tard, je cherche un nouvel a bri où m'arrêter pour reprendre quelques forces. Le jour ne va pas tarder à s'effacer et les hommes lancés à ma poursuite risquent de ne plus être mes seuls prédateurs à la nuit tombée. Je m'éloigne petit à petit de la rivière, point où de possibles ennemis pourraient venir s'abreuver, dans le but de m'écarter de la zone de danger. « Espérons-le ! » me dis-je, bientôt désappointé de constater que les lieux qui m'entourent ne sont une fois encore que les ruines d'un passé pas si lointain.

Après une marche devenue hasardeuse, j'opte finalement pour une cavité formée aux abords de l'un des multiples creusets qui s'étendent à perte de vue. De toute évidence, ils sont les traces fantômes d'une ancienne forêt du genre de celles dont j'ai longtemps rêvé. J'imagine que jadis on pouvait y entendre des oiseaux chanter, voir des colonies d'insectes grouiller sur les écorces des arbres, sentir des odeurs, ou se plaindre des va-et-vient d'une faune plus ou moins discrète dont je…

Les battements de mon cœur accélèrent sans crier gare, ou peut-être s'arrêtent-ils ? Je l'ignore à cet instant précis. Malgré la fatigue, je n'ai guère eu l'occasion de m'endormir et bien m'en a pris. Car, à quelques mètres de ma pseudo-cachette nocturne, il apparaît. « Un loup ! »

L'animal au pelage d'argent campe sur ses quatre pattes comme s'il avait toujours été ancré à la terre. Je reste attentif à sa silhouette et ne suis pas certain qu'il ait détecté ma présence. Il a beau être de taille plus modeste que mon dernier agresseur, il reste un réel danger. « Est-ce une ruse pour mieux m'attaquer ? » me dis-je, silencieux à l'extrême. Non. Le loup finit par repartir au cœur de la nuit en laissant une seconde question en suspens : « Savait-il que j'étais là ? »

Je demeure sur mes gardes, prêt à voir surgir le pire parmi les ombres qui dansent à la faveur d'une demi-lune haute dans le ciel étoilé. J'ai froid et seules mes pensées vagabondent. Aussi loin qu'elles puissent aller, je me souviens qu'autrefois tout était différent. J'avais des frères et sœurs avec lesquels j'ai vu passer près de huit printemps. C'était le temps des saisons. Nous aimions jouer ensemble, grimper de branche en branche, parfois jusqu'au sommet d'un cèdre pour contempler l'horizon. Et puis, à la faveur d'un automne, nous avons commencé à le remarquer… Ils sont venus à manquer, à disparaître, l'un après l'autre ou en bouquets entiers. Les fleurs n'ont pas tardé à suivre, signe du pire à venir. Je m'endors ainsi, le cœur serré.

Au petit matin, j'ai peur de rester immobile sans pouvoir bouger. Je finis par y parvenir. J'ai mal partout et d'affreux gargouillis sortent de mon ventre. La faim se fait sentir. J'évite de regarder la graine, c'est mieux. J'ai toujours à remplir cette mission que je me suis fixée lorsque je l'ai dérobée à la barbe de ces imbéciles…

J'y réfléchis : « Où ? Où trouver le bon endroit ? Et comment être sûr ? » Les interrogations se bousculent jusqu'à cette invitation du ciel que je prends pour un présage, un encouragement, une invitation même : « Il commence à pleuvoir ! » Je quitte mon trou et contemple en plein jour ces lieux où jadis la forêt s'étendait à loisir. Ce sera donc ici ! J'opère sur-le-champ pour creuser un trou séance tenante, ça je sais faire… En quelques minutes, c'est terminé.

D'ailleurs, au même moment, je les entends arriver. Ils n'ont pas lâché l'affaire, la faim sûrement, je suis une proie facile… Ou peut-être en est-ce d'autres ?

Je reprends ma course à la survie, pour moi mais aussi son futur. Malheureusement, cette fois, impossible de m'échapper. En un éclair, des hommes m'encerclent et je ne peux m'empêcher de me répéter d'un air de défi : « Trop tard ! Je l'ai fait ! » Certes, dans quelques secondes vous allez m'attraper. J'en tremble de toutes mes pattes, de tout mon être. Je ne sais que trop bien ce qui va se passer. Je l'ai compris dès votre premier cri, hier. Je le vois dans vos regards, aujourd'hui.

Mais si petit que je sois, moi, l'écureuil gris, je vais vous montrer qui a gagné ! Prenez ça pour le dernier souhait d'un condamné : vous les hommes, vous mes chasseurs, je vous offre cette nouvelle chance en espérant que vous ne serez pas assez stupides pour commettre les mêmes erreurs en les arrachant à la terre… Mon trésor est désormais planté et quoi que vous fassiez cette graine va grandir et les arbres, un jour, revenir !

ALEXANDRE CHARDIN
&
LUCIE PIERRAT-PAJOT

PARADISIO

C'est maman qui a gagné le voyage. À la radio, il fallait répondre à une question: «En combien de temps une bouteille en plastique se dégrade-t-elle? Un an? Dix ans? Cent ans ou plus?» Maman avait choisi la troisième réponse au pif... et c'était la bonne! Elle était si heureuse qu'elle l'avait raconté à tout le quartier. Même le boulanger était au courant. J'étais un peu gêné quand il a dit, devant tous les clients: «Eh bien, mon garçon, si c'est pas beau d'aller au bout du monde!» Gêné, mais content quand même! Quand notre maîtresse a projeté dans la classe une image de l'île où je devais me rendre, on a tous cru que c'était son nouveau fond d'écran. Est-ce que ça pouvait exister en vrai, un endroit où l'eau est aussi turquoise et les palmiers aussi bien inclinés au-dessus d'un sable aussi blanc? Mes copains trouvent que j'ai de la chance, et c'est vrai que ça change de nos vacances habituelles au camping des Jolis Flots!

L'hôtel s'appelle Le Paradisio, un cinq étoiles! Tout y est blanc et doré. Il y a partout des coquillages et de gros bouquets de fleurs exotiques que notre chien, Toto, ne peut pas s'empêcher de renifler (il éternue à chaque fois). Ça fait deux jours qu'on est arrivés et j'ai toujours besoin de me pincer pour être bien certain que je ne rêve pas.

— Bon, dit maman après le petit déjeuner, moi je vais bronzer.

Et elle va s'installer sur les transats, à dix centimètres de l'eau transparente, tartinée d'huile solaire.

– Bon, dit papa, moi je vais nager.

Et il part crawler dans les vagues en consultant régulièrement sa montre connectée pour voir s'il a déjà pulvérisé son record.

Alors bon, moi je pars promener Toto en espérant trouver des coquillages, mais il y en a moins qu'aux Jolis Flots. Pas grave, il y a quand même de quoi explorer. Avec les palmiers immenses, l'océan tellement transparent qu'on dirait du cristal et les petits bateaux à voiles amarrés aux pontons, c'est l'endroit le plus cool du monde pour se prendre pour un pirate. Je suis donc en train de chercher un trésor non loin de l'hôtel lorsque mon chien se met à foncer en aboyant comme un fou ! Il se dirige droit derrière les bâtiments !

— Toto ! Attends !

*

Maman m'avait prévenue : « Le plus dangereux, c'est la mer ! Ne t'en approche jamais ! »

Avec papa, quand on est arrivés pour travailler sur l'île, on était heureux, on nous avait dit que ce serait un travail dur, mais bien payé. Je ne voulais pas laisser partir papa tout seul, et comme j'avais dix ans, il m'a emmenée. Maman savait ce qui nous attendait, elle avait entendu des travailleurs partis là-bas. Ils étaient différents à leur retour. « Plus jamais ! disaient-ils. Les touristes sont au paradis, et nous en enfer ! » Maman a insisté pour que je reste. Papa a réussi à la persuader.

J'aurais dû écouter ma mère.

Sur l'île, il n'y a pas de sable, pas de pierre, pas d'arbre, même pas un brin d'herbe. Rien ne pousse. On marche sur du plastique, on dort sur du plastique, on respire des fibres de la fumée de plastique brûlé et la nuit, on rêve qu'on plonge sous le plastique sans pouvoir remonter. Des bouteilles, des emballages, des morceaux d'objets qu'on ne peut plus reconnaître. On vit dans une poubelle. Mon travail consiste à ramasser le plus de déchets possible pour les jeter dans un gigantesque four qui ressemble à la gueule d'un immense diable. Il me fait peur, mais moins que l'eau qui est sous le plastique. « Quand on la sent, c'est trop tard », disent ceux qui travaillent ici. Il y a souvent des morts. On ne les entend pas mourir. Ils disparaissent sous le plastique, voilà tout. Le soir, ils ne rentrent pas au village de maisons en tôle et en bois, et on sait que le plastique les a engloutis.

Papa dit qu'il faut rester encore un peu pour revenir avec le « pactole ». Son travail, à lui, c'est de récupérer des métaux toxiques avec un tissu sur le nez et la bouche pour le protéger. Il sourit avec les yeux, mais il tousse beaucoup, même la nuit.

Quand je suis fatiguée, je regarde du côté du long mur qui nous sépare des touristes. Ils ne savent pas qu'on vit là, au milieu de leurs déchets, dans leur poubelle. On ne se voit pas. Parfois, j'entends leurs rires ou de la musique. Nous, on doit rester silencieux. On ne doit pas exister. On vit dans le silence, et le soir, sur nos lits en bois, mon père est trop fatigué pour me répondre quand je lui dis « bonne nuit ».

Je sais ce qu'il me reste à faire… J'entraîne Fano, un garçon de mon âge. Je ne réponds pas à ses questions. Une fois près du mur, je lui demande de m'aider à rouler une machine à laver pour que je puisse grimper.

— Pourquoi ?

— Je dois passer.

Il recule d'un pas. Je le rattrape par le poignet.

— De quoi as-tu peur ? C'est moi qui passe. Personne n'en saura rien.

— Pourquoi tu veux y aller ?

— Je veux savoir à quoi ressemble le paradis.

Il hésite, regarde autour de lui et m'aide avec des gestes précipités.

Je grimpe sur le mur, il file sans se retourner.

*

Elle est toute petite, et brune comme si elle passait ses journées sous un soleil dix fois plus brûlant que celui qui bronze maman. Ses cheveux cachent à moitié sa figure. Elle est tellement bien cachée, blottie derrière une grosse poubelle, que c'est sûr, si Toto ne l'avait pas reniflée, je ne l'aurais jamais vue. Je rappelle mon chien qui grogne et je m'approche. Peut-être qu'on pourrait jouer ensemble ? Parce que même si tout est beau et parfait ici, faire le pirate tout seul, c'est vite ennuyeux.

— Euh… salut ?

Je m'avance. Elle sort de derrière sa cachette. Je ne me souviens pas l'avoir vue au petit déjeuner, ni dans les couloirs du Paradisio… peut-être qu'elle vient juste d'arriver ? Ou alors elle habite sur l'île ? Ce serait encore mieux. Elle doit en connaître tous les recoins, les endroits où on peut voir des tortues de mer ou des poissons de toutes les couleurs.

— C'est quoi ton nom ?

D'une main, elle pousse ses cheveux, me fixe et là…

J'ai lu un jour un truc à propos des trous noirs : des trous dans l'espace capables d'avaler la lumière, les galaxies, tout. Les yeux de cette fille sont aussi sombres que ça. Je ne sais pas ce qu'il y a derrière, mais ça a l'air aussi fascinant qu'effrayant. Elle continue d'avancer vers moi sans se soucier de Toto qui aboie et je suis figé sur place. Son tee-shirt est sale et délavé, et ses tongs tiennent avec de la ficelle. Sur ses bras maigres il y a plein de coupures, de marques et de traces bizarres. C'est sûr, ce n'est pas une touriste.

Soudain un homme sort par une porte sur le côté du bâtiment. Je le reconnais, c'est l'un des serveurs du restaurant de l'hôtel ! D'habitude il sourit tout le temps mais là, non. Il a vu la fille et se met à lui crier quelque chose dans une langue que je ne comprends pas. Elle se fige et je vois de la peur sur son visage… Alors, sans réfléchir, je lui prends la main et je me mets à courir comme quand on a fait une bêtise avec les copains et qu'on file se planquer…

*

On court et je crie autant de peur que de joie. Le chien semble heureux, lui aussi, pas comme nos chiens qui grognent et gardent le nez au sol pour trouver la moindre miette. Je regarde la figure de ce garçon aux yeux verts comme les nouvelles feuilles des arbres, ses cheveux jaunes. On rit et on court à perdre haleine. Je ne comprends pas ce que le garçon me dit, mais sa joie fait exploser la mienne. Si le serveur m'avait attrapée, j'aurais eu de graves ennuis et papa aussi.

Le sol est dur, il n'y a pas de plastique, pas un déchet, ici. Tout est tellement propre! Les jardins fleuris et les arbres hauts entourent de belles maisons en bois. On court et le vent nous porte des parfums de vanille, de mangue et de chaleur sucrée. Le garçon veut s'arrêter, mais je ne ralentis pas, c'est un vertige délicieux, comme quand on est très fatigué.

Pourtant, au bas d'une route bordée de tamaris aux fleurs rouges, on s'arrête, hors d'haleine et, pliés en deux, les mains sur les genoux, on rit encore.

Je prends le temps de regarder tout autour de moi. Oui, c'est le paradis, c'est sûr ! Tout est tellement propre et beau ici que le soleil paraît différent, moins en colère.

— C'est beau, hein ? me demande le garçon, pouce vers le haut.

Je hoche la tête.

Un couple marche. Elle est en maillot de bain rouge, lui en short. Ils sont très blancs, très heureux. Elle boit une bouteille d'eau et la jette dans une poubelle. Je me rapproche et la prends. La même que celles que j'écrase, toute la journée. La femme et moi nous regardons avec dégoût.

Le garçon s'aperçoit de ma gêne et m'entraîne dans une autre rue en pente bordée de hauts palmiers.

Là, les maisons sont encore plus belles, les jardins plus vastes. Au bout de la rue, l'océan est d'un bleu infini. Des gens y nagent. L'eau est si claire que je suis l'ombre des voiliers blancs sur le fond de sable blanc.

Alors mon ventre se noue, mes yeux se troublent. Comment ce lieu peut-il exister ? Ces touristes savent-ils qu'on vit dans leurs ordures pour qu'ils vivent au paradis ?

Le garçon tente de comprendre pourquoi je serre les mâchoires et le regarde avec colère. Bien sûr, il n'y peut rien, lui ne sait pas où je vis, ni qui je suis.

Je le fixe un moment et ses yeux confiants me donnent le courage de prendre une décision. Je lui saisis les deux mains et lui dis dans ma langue :

— Suis-moi, je vais te montrer.

*

J'aurais bien voulu pouvoir courir avec elle pendant des heures sans m'arrêter. C'était encore mieux que le grand huit de la fête foraine ! Mon cœur en est tout étourdi… Quand d'un seul coup ses yeux redeviennent des gouffres et qu'elle m'entraîne de nouveau en prononçant des mots dans sa langue, je la suis sans hésiter une seconde.

On franchit une haie de palmes et d'arbustes plantés serrés. Derrière, il y a un haut mur de béton tout gris. Des panneaux en plusieurs langues interdisent de le franchir, mais la fille me montre un endroit où l'usure a creusé des prises faciles pour l'escalader. Elle s'y lance sans hésiter, avec l'agilité d'un lézard.

— Reste là, Toto.

Mon petit chien gémit et je suis certain qu'en langue chien, il me dit que ce n'est pas du tout une bonne idée, ce que je suis en train de faire…

Je grimpe. Ma nouvelle amie m'aide à descendre très vite en prenant appui sur un vieux bulldozer garé là. On saute sur le sol et je me redresse.

L'air ne sent plus du tout l'océan ni les fleurs… Il pue le local à poubelles et le plastique qui fond. À perte de vue devant moi, il y a des collines fumantes. Le sol est une gadoue dégoûtante pleine de morceaux de… je ne sais pas quoi. Je me cogne contre le mur en reculant. C'est quoi, cet endroit ? Le Paradisio est juste derrière avec les plages et les fleurs !

Mon amie me parle, cherche mon regard. Elle montre l'horrible endroit, puis pose la main sur sa poitrine.

— Tu vis ici ? Mais… ce n'est pas possible ! Et ça vient d'où, tout ça ?

Elle fait quelques pas avec moi, s'accroupit, ramasse une poignée des débris qui forment la base d'une colline et me la fourre sous le nez. Je distingue des ficelles, une vieille pile, un sac en lambeaux et surtout la forme familière d'un pot de yaourt cabossé. Mes yeux se mettent à piquer. Je connais ce pot en plastique rose avec une jolie image de fraise. Je le connais parce qu'il y en a le matin au buffet de l'hôtel, tout comme il y en a le midi à la cantine de l'école.

Je repense à la question à laquelle maman a répondu pour gagner le voyage. J'ai envie de pleurer, parce que maintenant je sais. Je repense au boulanger, à ma maîtresse, à mes copains. Eux non plus ne savent pas… ou alors ils n'ont pas envie de savoir. Comme ma nouvelle amie, je suis en colère. À présent, je comprends pourquoi ses yeux sont aussi sombres.

Je prends ses mains toutes sales dans les miennes et, en la regardant bien en face, je lui promets de ne jamais oublier, de ne jamais faire comme si je ne savais pas.

*

Il est là, les yeux mouillés d'émotion, et ma colère retombe. Mes mains dans les siennes, je me sens désolée de l'avoir conduit ici. Pourquoi l'ai-je fait ? Il hoche la tête, de nouveau souriant. Trois travailleurs ramassent des morceaux de ferraille avec des piques. On se connaît, ils nous observent un instant, fixent leurs yeux brûlants sur le garçon qui se raidit et fait un pas en arrière, mais je le retiens, lui souris et les trois hommes retournent à leur travail. Pourtant, dans son regard, je comprends qu'il n'oubliera jamais, qu'il saura que les plus beaux nuages ont une ombre. Il est du côté du soleil. Je le désigne et lui montre l'astre. Ce sera mon frère-soleil.

Le chien aboie derrière le mur, le garçon hésite et me regarde de ses yeux perdus. Je le raccompagne au mur. Il l'escalade, s'assied et me tend la main, mais je secoue la tête. Il insiste en me disant des mots dans sa langue. Je recule d'un pas. Mon cœur se serre, j'ai envie de pleurer, mais de l'autre côté, ce n'est pas mon monde, et ici, ce n'est pas le sien. Il fouille ses poches à la recherche de quelque chose à me laisser. Je le sais, parce que moi aussi j'y ai pensé. Mais qu'est-ce que j'ai à lui offrir ? Comme il n'arrive pas à se décider, je saute et le pousse juste assez fort dans le dos pour qu'il bascule de l'autre côté.

Mon frère-soleil a disparu.

Je fixe longtemps le mur avant de m'éloigner. Je n'arrive pas à me dire qu'on ne se verra plus.

La lumière baisse, les nuages orange et jaunes avancent comme un incendie calme dans un vent doux. Les fumées du jour s'éteignent sur les collines et des hommes chantent des airs mélancoliques avec des guitares fabriquées ici avec des débris. Le crépuscule fait disparaître les déchets dans la pénombre.

Alors, soudain, je sais quoi faire, et je sais que lui aussi le fera. Je me lève d'un bond et cours, le cœur en feu. Je cours sans regarder le sol, rejoins le pied du mur, grimpe, passe les coudes au sommet et me couche. Là, je garde les yeux fermés.

Il faut qu'il soit là !

J'attends de trouver le courage de vérifier quand sa voix monte vers moi. Je le savais !

Son visage rayonne de joie. Mon cœur bat fort. Je l'aide à me rejoindre.

Installés côte à côte au sommet du mur, les yeux sur l'horizon rouge, main dans la main, on ne dit rien. Nous ne sommes ni au paradis, ni en enfer, nous sommes chez nous. Il tend le doigt vers une étoile, me désigne et je hoche la tête, heureuse. Je suis sa sœur-étoile. Il est mon frère-soleil.

Voilà ce que nous avions à nous offrir : la vérité.

CHRISTINE FÉRET-FLEURY

LE DERNIER ARBRE

Je suis debout dans le ciel.

Aujourd'hui, il est blanc, chargé d'une neige qui se déploie autour de moi en voiles légers, mobiles. Il n'a pas neigé depuis des années, et je vois avec bonheur – un bonheur si fragile qu'il est presque déjà éteint avant de m'avoir réchauffé le cœur – les flocons recouvrir la terre desséchée. Je sens l'humidité s'infiltrer dans chacune de mes racines. Cette eau glacée, pour moi, c'est la vie. Grâce à elle, je vais tenir encore un peu. Une saison. Peut-être deux. Peut-être même une année.

Qui sait ?

Comme j'aurais aimé partager cette nouvelle ! Mais je suis seul depuis longtemps. Mes pareils ont été emportés. Les vents hurlent dans la plaine dévastée par les ouragans. Même ces étranges oiseaux rigides qui sillonnaient autrefois le ciel ont déserté ces parages.

Je suis seul.

Avant – il y a très, très longtemps –, j'étais entouré par une véritable forêt. Nous étions des milliers, des millions ; les oiseaux qui se perchaient sur nos branches nous racontaient que nos frondaisons s'étendaient à perte de vue, loin, très loin, jusqu'à une vaste étendue d'eau mouvante, la mer. D'un côté, elle jetait ses vagues grises ou bleues sur le sable, et nous, de l'autre, les vagues vertes de nos feuilles renouvelées à chaque printemps.

C'était une époque heureuse. Nous vivions en paix, même si des plantes voraces étouffaient parfois les plus fragiles d'entre nous. Ils se desséchaient et tombaient. Leur écorce, peu à peu, pourrissait, se mélangeait à nos feuilles des saisons passées, et là naissaient d'autres arbres. Il en naissait même tant que tous ne pouvaient accéder à la lumière du soleil.

J'étais un jeune arbre, droit et élancé, quand les premiers humains se sont aventurés parmi nous. Nous les avons observés avec curiosité, car ils ne ressemblaient pas aux hôtes habituels de la forêt, aux loups qui se glissaient silencieusement entre nos troncs, aux écureuils ou à ces oiseaux agaçants qui nous piquaient de leurs becs. Ils venaient chercher parmi nous leur nourriture et ramassaient du bois mort pour faire cette chose lumineuse et brûlante qu'ils nomment « feu », et dont ils ne peuvent pas se passer. Cela ne nous dérangeait pas, au début – jusqu'au jour où leur feu, à la saison sèche, a dévoré une grande partie de la forêt. J'ai vu de beaux arbres mourir, et j'ai pleuré ma sève dans la fumée qui montait de leur cœur en cendres.

Le temps a passé. Le sol noirci a reverdi. De nouvelles pousses ont donné naissance à de nouveaux arbres : ceux-là gardaient mémoire du drame ayant précédé leur venue à la lumière. Et nous avons commencé à nous méfier des humains.

Pourtant, je les aimais. J'aimais leur vulnérabilité – ils vivent si peu d'années, comparés à nous ! –, leur maladresse, leur tendresse, rare. J'en ai vu passer beaucoup : des mères qui venaient me montrer leurs petits, des enfants qui s'asseyaient contre moi pour pleurer ou pour jouer. Des hommes et des femmes qui profitaient de l'ombre de mon feuillage pour se prendre la main, se dire de douces paroles et se caresser parfois. Des fugitifs qui espéraient trouver dans la forêt un refuge. Ceux-là étaient nos préférés car en peu de temps ils devenaient presque semblables à nous. Ils dormaient sur des tapis de mousse, se cachaient derrière nos troncs pour piéger leurs proies, évitaient de faire du feu. Des brindilles se mêlaient à leurs barbes qui s'allongeaient, il se tressaient des capes de roseaux. Ils finissaient par ressembler à des arbres en mouvement. C'étaient nos enfants. Leurs poursuivants trébuchaient sur nos racines ou se retrouvaient pris dans un taillis, car nous n'aimions pas voir couler leur sang.

Je vais vous révéler un secret : les arbres, même ceux qui ont poussé dans une haute forêt de montagne, loin des habitations humaines, savent tout sur le vaste monde. Quand un arbre est abattu et emporté sur de longs chariots vers les fleuves et les plaines, le lien entre les branches, le tronc et la souche reste fort. Des paroles circulent, des plaintes, des regrets, des cris de douleur – et aussi des histoires. Le soir, quand le soleil disparaît, les souches, même les plus anciennes, celles que la mousse a recouvertes et dont le bois est rongé par les vers, commencent à murmurer.

Je suis devenue un bateau. Couronnée de toile, j'ai traversé l'océan. Le voyage a duré des jours et des jours. J'ai vu des poissons volants et des baleines à bosse ; j'ai vu grandir, au loin, une terre inconnue. J'ai vu des arbres qui ne nous ressemblent pas et dont le feuillage bruit de mots étrangers. Nous nous sommes salués de loin. Les marins en ont coupé un grand nombre pour construire des maisons sur le rivage. Ils ont échangé des cadeaux avec les habitants de ce pays, puis ils les ont forcés à travailler pour eux. Je ne comprends pas pourquoi. Le pays est si vaste, ici, il y a de la place pour tout le monde.

Je suis devenue un château. Je soutiens des murs de pierre. Sous ma charpente vivent de très nombreux humains. Ils s'habillent de tissus luxueux, dansent au son de la musique, se battent. Ils s'insultent. Les humains ne savent pas vivre en paix.

Je suis devenue une table. Autour de moi, des hommes et des femmes se rassemblent pour festoyer pendant des heures. Ils ont l'air d'y prendre grand plaisir. Je suis surchargée de plats de nourriture. Heureusement, je suis solide.

Moi aussi, je suis une table. Mais ceux qui m'entourent n'ont, certains jours, rien à manger. Quelques-uns pleurent, d'autres sont pleins de colère. Ils parlent d'une chose qu'ils nomment « justice » et qui leur manque. Ils crient qu'ils sauront la conquérir par la force et ils abattent leur poing sur moi. Puis ils prennent leurs armes et sortent de la maison… La maison gémit, comme moi : elle est partagée entre l'espoir de temps meilleurs et la peur de la guerre. Car nombreuses sont celles qui ont brûlé.

J'ai écouté ces histoires durant des siècles. Grâce aux souches, j'en ai appris beaucoup sur l'immensité de la Terre et sur les habitudes des humains qui y vivent. Ils semblent différents, mais au fond, ils se ressemblent : ils ont peur de la faim, du froid, de la maladie et de la mort ; ils craignent de ne pas être aimés ; ils désirent la sécurité.

Mais certains veulent la richesse. Et le pouvoir. Toujours plus de richesse, toujours plus de pouvoir. Pour ces deux choses, ils s'entretuent et détruisent tout sur leur passage. Y compris la forêt, cette forêt qui leur a donné la chaleur, l'abri, les voyages lointains et tant d'autres choses ! Comment se seraient-ils nourris de la viande des porcs sauvages qu'ils élevaient si ces animaux n'avaient pas mangé les glands de nos chênes ? Comment auraient-ils subsisté sans les baies, les noisettes, les noix, les champignons ? Comment auraient-ils respiré, quand les fumées de leurs manufactures ont commencé à noircir le ciel, sans nos feuilles pour renouveler l'air autour de nous ?

Nous, les arbres, leur avons offert tout cela. En échange, ils sont venus avec des scies et des haches, des engins de métal à la mâchoire terrifiante et acérée, des camions dont les roues creusaient de profondes ornières dans notre sol et écrasaient les plus faibles d'entre nous.

Je les ai vus partir les uns après les autres, les amis de ma jeunesse et ceux que j'avais vus grandir. Si nombreux qu'on pouvait croire qu'un jour tout cela s'arrêterait. Qu'un jour l'un de ces humains refuserait de couper un arbre de plus. Qu'ils n'attendraient pas, pour réagir, d'être réduits à la misère.

Mais cela n'est pas arrivé. Ils ont continué. Ils ont rasé notre forêt, oubliant qu'elle filtrait l'eau, purifiait l'air, protégeait de la pollution, servait d'abri aux plantes et aux animaux, si précieux pour la survie de toute la planète.

Année après année, la Terre est devenue un désert, le domaine de la faim, de la soif, de la misère et de la maladie.

Et je suis resté seul.

Je ne connais pas mon âge exact. Je sais seulement que les derniers humains à m'avoir approché me surnommaient Mathusalem. Pour eux, ce nom désigne une personne exceptionnellement vieille.

Pendant quelque temps, on venait me voir, me toucher, me photographier. De grands véhicules remplis de femmes, d'hommes et d'enfants arrivaient dans un grondement, s'immobilisaient juste à côté de moi puis repartaient. Leur puanteur pénétrait mon écorce, je suffoquais. J'ai quelquefois vu mon image sur l'écran des appareils qu'ils utilisaient pour la capturer : un tronc épais, noueux, tordu, couleur d'argile rouge, aux branches dressées vers le ciel.

Je suis si vieux. J'ai perdu le compte des saisons.

À présent, personne ne vient plus. Le silence a remplacé le grondement des moteurs, un brouillard suffocant l'odeur déplaisante des engins. La chaleur est écrasante.

Et je suis seul.

Mais hier, il a neigé. Les flocons fondaient en touchant la terre. Je n'ai pas eu la chance de revoir ce manteau blanc, si apaisant, des hivers d'autrefois. Ma dernière neige… Je sais que c'est la dernière. Je n'ai plus de forces.

Pourtant, un frisson me parcourt. Je deviens attentif. Que se passe-t-il ?

Là ! Une craquelure dans le sol… et…

Si j'étais un humain, je me frotterais les yeux pour vérifier que je ne rêve pas.

Je vois… une petite pousse verte. Si fragile. Si pâle. Elle ne porte que deux feuilles minuscules. Mais c'est un arbre !

Sans protection, il ne parviendra pas à grandir. Le vent l'arrachera, le soleil le brûlera. Il a besoin de moi. Ce n'est pas le moment de renoncer. De me laisser aller. Je dois rester éveillé.

Alors j'étends, du mieux que je peux, ma maîtresse branche pour lui apporter de l'ombre. Je déroule mes racines vers lui.

Et je commence à lui raconter l'histoire de notre forêt.

FABIEN FERNANDEZ

PETIT BOUT DE GLACE

Il faisait jour depuis peu. Après une longue période d'obscurité, il était plaisant d'être caressé par la lumière. Pour moi, mais également pour les humains qui m'avaient foulé du pied. Des autochtones menant d'autres personnes au visage plus blanc et neutre. Arrivés par un bateau crachant fumée et liquide dans les eaux pures. Ils regardaient partout et s'agitaient bruyamment. J'avais connu les premiers, emmitouflés dans la fourrure prise sur les animaux traqués, puis, plus récemment, recouverts de vêtements simples et très colorés. Leurs voix à tous déchiraient parfois le silence, parfois le grondement de mes pairs se frottant les uns contre les autres. Des marques d'affection qui nous étaient propres. Les guides menaient un groupe nommé *touristes* sur les traces d'un ours blanc. Mais ce dernier était depuis longtemps parti vers le sud en quête de nourriture. Ils avaient quitté les lieux, laissant derrière eux les marques de leurs bottes dans une neige qu'ils avaient imaginée plus uniforme et plate.

Le souffle s'était transformé en chuintement, creusant petit à petit les sillons à la base de mon dos. BRRR ! Que de frissons. Le frottement du vent. Les fines gouttes d'eau roulant toujours plus profondément. Le poids d'un phoque passant. Puis, finalement, celui d'un bruant des neiges. Il s'envola à l'instant où le rugissement rompit la quiétude de midi. Comme pour mes frères et sœurs partis sur cet océan incertain de la vie, arrivait mon instant de liberté, ma véritable indépendance ! Ma masse tomba lourdement. Des miettes blanches s'éparpillèrent en même temps que la population de volatiles voisine. C'était comme briser la coquille de son œuf et sauter du nid. Mon corps plongea, s'enfonça profondément. Des bulles. Un bleu qui s'assombrit. Puis, comme n'importe qui ayant besoin d'air, je jaillis des flots tumultueux à l'instar d'une baleine bleue. PLOUF ! Je retombai. SPLASH ! Après avoir été chahuté par les vagues voulant jouer avec moi, je me stabilisai. J'étais adulte, détaché de la banquise. J'étais un iceberg prêt à découvrir le monde. *Vêlage* était le mot qu'ils avaient donné à cette naissance apparemment de plus en plus commune à notre époque.

Vêlage[1].

Je flottai un moment le long de la côte immaculée, pour le plus grand plaisir de certains poissons et mammifères venant s'alimenter sur ma partie immergée. C'était la plus importante, et celle invisible au premier abord. J'y gardais une réserve collectée de longue date. Des algues et autres petits aliments maintenant à disposition de ces affamés qui… ah, ah, ah ! me chatouillaient à chaque bouchée. Un couple de mergules vint aussi s'installer à mon sommet, une crête propice à capturer les rayons de l'astre solaire. Ils

---

1. Le vêlage est un terme normalement utilisé pour la naissance d'un bovin, mais depuis longtemps il est aussi utilisé lorsqu'un bloc de glace se détache de la banquise pour créer un iceberg.

y restèrent jusqu'au moment où un courant me prit dans ses bras pour m'éloigner du continent blanc. J'eus alors la vision qu'avaient d'autres créatures de la banquise : un paysage monotone et plat.

En réalité, la géographie y était plus complexe, parfois accidentée, parfois émoussée, voire brisée, mais jamais, non jamais aussi simplifiée que ce que j'en percevais de là où je nageais : de douces courbes se perdant dans un relief mangé par la brume matinale.

Je me laissai déplacer avant de servir de protection à un baleineau venu se cacher dans mon ombre. Nous échangeâmes un bref sourire et il fut rapidement rejoint par sa mère. Les deux se frottèrent à ma carapace de glace pour me remercier et y récolter de quoi manger. Après quoi, ils reprirent leur chemin comme si de rien n'était. Je compris alors pourquoi ils avaient besoin de se dissimuler. Des embarcations humaines les suivaient de près. La première avait une forme métallique agressive, d'un rouge vif tranchant avec les nuances de bleu et de gris environnantes. Elle furetait avec à son bord des humains qui chassaient.

J'essayai de me fondre dans le paysage, je restai néanmoins stoïque et surtout, en travers de leur route : solide et protecteur. Le bateau se stabilisa avant de redémarrer son moteur au bruit ridicule qui tentait d'imiter celui que faisait ma famille lorsque tous s'agglutinaient les uns contre les autres, les jours de tempête.

Une bourrasque me fit légèrement chavirer. Juste ce qu'il fallait pour les effrayer, et ils s'éloignèrent. Je restai seul un moment, dérivant lentement au gré du vent me poussant. Vint ensuite un navire plus important. Il garda d'abord ses distances, mais je savais qu'il m'observait. Non, en réalité, ses passagers me scrutaient. Je devins un sujet d'étude. À la différence des Inuits qui savaient qu'il ne fallait pas trop s'approcher, ne serait-ce que par respect, un canot fut mis à l'eau pour venir m'amputer. Les hommes et femmes à son bord m'enfoncèrent d'énormes seringues et prélevèrent des « carottes » sans demander. Ils avaient l'air contents en repartant : ils parlaient d'échantillons, de sciences et d'histoire de plusieurs siècles[2] recomposée. Moi, je frémissais des trous qu'ils m'avaient faits. De l'eau s'y immisça. Je croyais que le froid allait tout cicatriser, mais le liquide creusa mon corps à plusieurs endroits. Lorsque je repris mes esprits, je grelottais tel un eider sortant des flots, et ils avaient disparu. La dernière chose dont je me souvenais était le nom que l'un d'eux m'avait donné : B-74. Ils me classaient comme un de leurs outils. Un simple objet. Une ligne dans une liste. Ma vie était-elle donc réduite à une lettre et deux chiffres ? J'y songeais durant les jours qui se succédaient et me faisaient naviguer plus au sud.

La température montait. Juste ce qu'il faut pour que l'eau ne gèle pas, mais suffisamment pour me réduire petit à petit. Les courants marins rongeaient le bas de ma masse. Je croisais également plus de bateaux. Je regardais la plupart de loin et de haut. Ils étendaient leurs immenses filets pour les ressortir

---

2. Les prélèvements d'iceberg permettent d'en connaître plus sur notre passé ; par exemple, s'il y a eu une éruption volcanique il y a plusieurs siècles, il est possible de trouver une couche de glace avec de la cendre gelée.

grouillants de poissons par milliers. Étranges chasseurs qui ne se nourrissaient pas de ce qu'ils attrapaient. Très différents d'autres animaux comme les phoques et les pingouins. L'ultime navire, quant à lui, me dépassait en taille et était chargé d'un grand nombre de boîtes de différentes couleurs. Ce cargo m'avait véritablement impressionné par sa puissance tranquille. Sa fierté de fendre les flots pour transporter autant de caisses. Il n'avait aucune noblesse, il était juste hautain.

Aspiré brièvement dans son sillage, j'ai tangué. Je fis un tour sur moi-même.

Plongeon.

Mer inversée.

Remontée.

Chahuté par les vagues, je finis par me stabiliser en surface. Et même si j'étais trop mouillé, j'étais sauvé.

Je dégoulinais. Le vent fit perler l'eau sur moi au hasard. C'était assez captivant de contempler rides et sillons se dessiner. Je perdis quelques kilos supplémentaires. Le froid pétrifia des gouttelettes restantes de cette triste expérience. J'étais bien loin de chez moi. Assez pour me rapprocher d'une côte découpée dans une pierre brune parsemée de verdure. Un nouveau continent à portée, pourtant les jours et les nuits se succédant si rapidement m'apprirent que j'avais dérivé au-delà des limites connues des miens. La solitude me gagna. Je me recroquevillais à chaque craquement de dégel. Les oiseaux dans le ciel m'étaient inconnus et certains poissons m'esquivaient comme un parfait étranger. Adieu également l'épaisse couche de neige qui me surplombait autrefois : c'était devenu un cristal verglacé. Plus j'avançais, plus je me fendillais. Un rocher me fit culbuter.

Roulade. Tourbillons aquatiques.

Je me redressai, les sens perturbés. Un bateau à moteur passa, créant une vague qui me percuta. Projeté contre un îlot, CRAC ! Je perdis encore une part de mon être. Je tanguais. Je chavirais. Haut et bas se mélangeaient Je m'émoussais au fur et à mesure que je roulais sur l'eau, au fur et à mesure que le soleil et les machines humaines me rapetissaient. Je n'étais plus que l'ombre de moi-même, avec certaines parties complètement translucides.

Tristesse et faiblesse étaient les nouveaux sentiments que je découvrais.

Plic. Après encore une longue errance, il y eut comme un déclic. Une de mes grosses larmes se mêla à la mer arctique : je pris conscience que mon impressionnant gabarit avait fondu.

J'avais terriblement vieilli.

Rabougri, les angles du corps rabotés, je touchais maintenant des graviers. Raclements. Stop soudain. Ploc. Je perdis encore un bloc congelé. Je le vis. Je *me* vis fondre. Je diminuais. Je flottai un moment. Plusieurs nuits s'étirèrent et j'arrivai finalement sur une plage. Je perçus tout d'en dessous. Ma hauteur s'en était allée. Plus aucune baleine ne viendrait s'abriter. Plus aucun oiseau ne viendrait se poser. J'avais vécu une éternité que je n'avais pas comptée, et voilà que j'étais rapidement presque annihilé.

Un mouvement vif. Une forme de vie courut entre les galets. Elle était colorée, excitée. Ses cheveux blonds virevoltaient sous son bonnet violet. C'était une jeune humaine. Elle trébucha, se rattrapa de justesse. Une autre arriva dans son dos, plus grande, plus posée. Au contraire de moi, les humains grandissent avec l'âge.

— Oh, maman, regarde, clama la jeune fille. C'est un iceberg !

— Ne dis pas de bêtises, ma chérie, ce n'est qu'un petit bout de glace. Viens, de toute manière, ce soir il aura disparu.

La petite s'empara de moi avant de partir rejoindre la grande. Il faisait soudain très chaud. Je transpirais à grosses gouttes et…

— Oh, maman, tout a fondu.

ERIK L'HOMME

L'ARBRE SUR LE BORD

Les irrégularités de l'écorce lui mordent la peau à travers le pantalon de toile. Nolwenn chevauche l'énorme branche comme un poney monté à cru. Elle appuie son dos contre le tronc qui grimpe vers le ciel. Plusieurs mètres en dessous, le sol, la terre remuée. Elle distingue un bout de l'échelle métallique qui lui a servi à monter. Au début, elle pensait la hisser et la cacher dans l'arbre, mais elle était trop lourde, elle n'y est pas arrivée, alors Nolwenn l'a simplement repoussée.

Pour éviter de penser au vide sous ses pieds, elle lève les yeux et son regard se perd dans les branches, se faufile au milieu des feuilles jusqu'à attraper quelques étoiles dans la nuit sombre. Nolwenn frissonne.

L'air est frais, elle se demande si elle n'aurait pas dû prendre une veste plus chaude, ou même une couverture. « Il fallait y songer avant, ma vieille ! » Elle devra se contenter de ce que contient son sac.

Sa main fouille à l'intérieur, sort une bouteille de jus de fruits, un paquet de biscuits. Elle en mange un, puis un autre. Boit une gorgée. Manger l'a toujours aidée. Quand elle se sent trop mal, trop seule, trop triste, elle se jette sur les gâteaux, elle se fait des gaufres, des crêpes qu'elle couvre de Nutella. Évidemment, ce qui est bon pour le moral ne l'est pas toujours pour la ligne ! Quand elle se parle à elle-même, Nolwenn dit : « Ma vieille », mais elle triche, elle devrait plutôt dire : « Ma grosse », ce dont ne se privent pas les autres, au collège. Mais ce soir – cette nuit – elle s'en moque.

Parce qu'elle est en train de faire quelque chose d'énorme. De plus gros qu'elle ! Quelque chose qui la dépasse.

Nolwenn essaye de se détendre, inspire, expire, ferme les yeux, verts – la seule chose qu'elle aime chez elle, ses yeux qui brillent au milieu d'une poignée de taches de rousseur sur une peau trop blanche, sous des cheveux trop roux. Dans son dos, le tronc de l'arbre qui monte vers le ciel lui paraît chaud. Elle sait que c'est une illusion – les arbres n'ont pas de sang – mais l'idée lui plaît.

On sait tellement de choses sur les arbres, et en même temps si peu ! En lisant des articles à leur sujet, Nolwenn a découvert que les arbres se parlent, à leur manière, sans mots ni gestes ; que leurs racines se caressent, se font des politesses ; qu'on trouve dans l'ADN humain des gènes issus de végétaux ; qu'une seule souche morte peut donner naissance à des centaines de troncs… Un pour tous et tous pour un ! Quels trésors d'ingéniosité déployés pour survivre ! Parce qu'un arbre ne peut s'enfuir, alors il occupe pleinement son espace, s'enfonce dans le sol, s'y répand, et il s'élève dans le ciel, s'y déploie ! Il joue avec le temps que les hommes n'ont pas. C'est sûr, les choses seraient plus faciles si son arbre aujourd'hui pouvait s'arracher à la terre et s'en aller ailleurs. S'il pouvait marcher, avec ses racines comme des jambes, à la manière des Ents de Tolkien, les esprits gardiens de la forêt dans Le Seigneur des anneaux !

Petit à petit, malgré l'inconfort de sa position, malgré la fraîcheur de cette nuit de printemps, Nolwenn s'assoupit et d'étranges rêves viennent l'assaillir.

Dans le premier, elle glisse et tombe de sa branche, chute interminablement jusqu'à ce qu'elle se réveille en sursaut et rectifie son assise.

Dans le deuxième, elle est sur la ramure gigantesque de l'Ent appelé Sylvebarbe, en compagnie des deux Hobbits, Merry et Pippin ; l'Ent en marchant la secoue autant qu'un manège de fête foraine ; elle s'amuse beaucoup mais finit par tomber encore et se réveiller de la même façon.

Le troisième rêve qu'elle fait est plus étrange. L'arbre dans lequel elle se tient semble n'avoir pas de fin, ni en bas ni en haut, et son tronc est si épais qu'il pourrait dissimuler un immeuble. En se penchant, Nolwenn aperçoit en dessous d'elle un dragon terrifiant qui mord dans l'écorce à pleines dents. En levant la tête, elle distingue un aigle et un faucon qui l'observent, ainsi qu'une chèvre blanche qui s'ébroue dans les ramées. Plus loin sur les branches, des cerfs se tordent le cou pour voler aux rameaux les feuilles les plus tendres. Enfin, un écureuil gros comme un chien cavale le long du tronc. L'étrange animal s'arrête net en la voyant. « Qu'est-ce que tu fais ici ? Ce n'est pas la place d'une humaine ! » Nolwenn a envie de crier : « Il n'y a personne d'autre pour le faire ! » Mais l'écureuil la pousse de ses pattes et elle tombe pour se réveiller encore une fois – la dernière.

Nolwenn n'a plus du tout envie de dormir. L'aube approche, elle commence à distinguer les abords immédiats de l'arbre. La vieille route, éventrée, élargie, recouverte d'un goudron frais et luisant qui vient lécher les pieds du grand arbre – en attendant de pouvoir le submerger. L'accotement est bouleversé par les coups de pelle, les chenilles des engins de chantier. Monstres jaunes, glacés et métalliques, renvoyés dans leur tanière par les protestations des riverains qui tiennent à garder l'arbre près d'eux.

Froides machines tenues à distance par une liste de noms sur une pétition.

Mais les monstres n'étaient qu'assoupis. Ils vont revenir, aujourd'hui, parce que quelqu'un, quelque part, a pris cette liste et l'a déchirée. Pour faire une route plus large où personne ne pourra aller plus vite, mais qui étend l'emprise de l'homme sur ce qui l'entoure.

Bien sûr les arbres se coupent et se replantent, Nolwenn le sait. Bien sûr, s'il y en a moins qu'il y a mille ans, il y a plus d'arbres maintenant qu'un siècle en arrière, quand tout le monde se chauffait et construisait au bois. Seulement celui-là est si beau ! Il a traversé les décennies, bravement, il a accompagné la vie des gens du village sur plusieurs générations, un village qui s'est trouvé un jour au bord de la route. Une route qui doit aller droit, forcément, qui ne peut pas faire un détour de rien du tout, parce que ça serait dangereux – parce que ça coûterait cher…

Nolwenn retient un sanglot.

Le jour est là cette fois. La vie va reprendre, celle des gens qui vont sortir de chez eux pour aller travailler – mais pas Nolwenn qui manquera le collège ce matin. On ne la verra pas tout de suite, perchée dans son arbre, mais on finira forcément par remarquer sa présence. À commencer par les ouvriers, envoyés pour éliminer l'obstacle et étendre la route.

Nolwenn commence à paniquer. L'idée lui avait paru géniale il y a quelques jours. Patiemment mise au point, dans le plus grand secret et ses moindres détails. Mais elle ne lui paraît plus aussi bonne désormais ! Elle hésite. « Tu peux tout arrêter, ma vieille. Tu n'en as parlé à personne et personne ne t'a vue : personne ne saura que tu t'es défilée ! Il est encore temps. »

Alors la honte l'envahit. Honte d'être lâche, alors que pour la première fois de sa vie, le courage est à sa portée. Elle n'a jamais rien fait d'exceptionnel, Nolwenn. Elle a toujours suivi les autres, souri à leurs moqueries, pleuré en cachette quand c'était trop dur. Mais lorsque ses parents lui ont annoncé que l'arbre sous lequel elle attendait le bus tous les jours pour se rendre à l'école allait être coupé, Nolwenn s'est rendu compte, brusquement, à quel point il comptait pour elle. Elle avait pris l'habitude de lui parler. Elle avait trouvé dans sa présence silencieuse et rassurante, dans les chuchotements des feuilles que la brise apportait à son oreille, la force d'aller de l'avant tous les matins. Et voilà que c'était à son tour de venir en aide à son arbre ! Elle n'aurait jamais cru qu'un être aussi fort puisse avoir besoin d'elle, si insignifiante.

Et puis elle s'est rappelé un documentaire dans lequel des gens grimpaient dans les arbres pour empêcher qu'on les coupe.

Elle s'est demandé si elle aurait le courage de faire pareil. Mais elle a trouvé celui de ne pas s'écrouler en sanglots dans les bras de ses parents quand ils lui ont souhaité bonne nuit, de ne pas s'endormir en attendant que tout le monde soit couché, de quitter la maison sans faire de bruit, de récupérer l'échelle dans le garage et d'aller, éclairée par la lampe frontale qui lui sert à lire en cachette, jusqu'à l'arbre pour grimper dessus et s'installer sur la branche !

Et elle serait prête, après tout ça, à renoncer ?

Nolwenn plonge une main rageuse dans son sac, en extirpe non plus des biscuits mais la chaîne faite sur mesure qui sert d'antivol pour son vélo. Au départ, elle avait pensé l'employer pour accrocher l'échelle dans les branches. Finalement, elle ne l'aura pas emportée pour rien ! Nolwenn l'enroule autour d'elle et du tronc, le plus serré possible, avant de la verrouiller à l'aide du cadenas. Elle garde un moment la clé dans sa main puis la jette au loin – le plus loin possible. Elle suit des yeux la trajectoire du morceau de métal qui disparaît dans un trou. « Voilà. Je ne peux plus revenir en arrière. Je suis obligée d'aller jusqu'au bout ! »

Curieusement cette pensée l'apaise. Elle commence à envisager la confrontation avec les ouvriers, les voisins, ses parents qu'on fera venir, obligatoirement. Des journalistes aussi, pourquoi pas ? Nolwenn n'est pas stupide, elle sait qu'elle finira par descendre. Que quelqu'un redressera l'échelle et montera, coupera la chaîne avec une pince, la prendra dans ses bras pour la ramener au sol. Mais au moins elle aura le temps de lancer aux gens sous son arbre les tracts patiemment préparés, écrits à la main, soigneusement recopiés et agrémentés de dessins. Des dessins d'arbre. Elle les jettera et ça fera comme des feuilles au moment de l'automne – un automne que son arbre ne verra pas.

Elle se repasse le texte des affichettes dans sa tête pour se donner du courage :

« Je ne veux pas vivre dans un monde qui préfère le goudron aux arbres.

Je ne veux pas vivre dans un monde qui préfère ce qui est utile à ce qui est beau.

Je ne veux pas vivre dans un monde qui préfère les objets aux êtres vivants.

Je ne veux pas vivre dans un monde qui oublie peu à peu ce que nous devons aux arbres, l'air dans nos poumons, la joie dans nos cœurs, les rêves dans nos têtes ! »

Des bruits viennent tirer Nolwenn de ses pensées. Bruits de moteur, de portes qui claquent, d'éclats de voix. Son cœur fait une embardée. Ça y est, les premiers ouvriers sortent de leur camion ! Ils discutent, ils plaisantent, comme ils le font d'habitude. Et puis l'un d'eux pousse une exclamation en la découvrant sur sa branche, sa veste jaune se détachant sur le vert des feuilles. Il tend le bras et la montre à ses collègues. Un homme pianote sur son téléphone.

Nolwenn ferme les yeux, respire à fond. Un souffle de vent dans les frondaisons fait frissonner le feuillage, lui effleure le visage. Elle a l'impression tout à coup que l'arbre essaye de lui parler. Qu'il tente de la réconforter, de lui dire qu'il l'aime aussi, et que les écureuils géants n'y comprennent rien. La dernière trace de peur quitte son cœur. Elle serre contre elle ses affichettes, elle se sent forte. Les autres peuvent venir : Nolwenn est prête.

JEAN-LUC MARCASTEL

LA DERNIÈRE FORÊT

C'était une forêt.

La plus belle forêt du monde.

Les arbres y poussaient dans l'harmonie, une harmonie parfaite, totalement sains, resplendissants de toutes leurs feuilles dont pas un parasite ne venait navrer le vert profond.

Les troncs, qu'ils soient droits ou excentriques, épais ou élancés, bruns ou blancs, lisses ou grenus, étaient tous magnifiques.

Les branches des uns et des autres recouvraient les sous-bois de leur ombre, diffractant la lumière émeraude en motifs changeants.

Les racines s'étalaient ou s'enfonçaient dans l'humus odorant, qui embaumait mille senteurs de feuilles et de terre.

Au printemps, l'air se chargeait de pollens que la brise douce portait dans les airs dans un ballet parfumé.

À l'été et à l'automne, les branches s'alourdissaient du poids des fruits, ceux, grumeleux, des épicéas, des pins, du séquoia, les noix et noisettes, les pommes luisantes, juteuses, les points rouges et gourmands des cerises.

Tout cela ne laissait pas indifférents les petits locataires de la forêt : insectes, parmi lesquels les abeilles qui, au printemps, pollinisaient les différentes essences dans leur ballet gracieux, les petits rongeurs et écureuils qui se nourrissaient des insectes ou des fruits, et enfin les prédateurs, milans ou renards, qui se nourrissaient d'eux…

L'équilibre et l'harmonie parfaite, chacun assumant son rôle sans l'outrepasser, pour préserver, éternelle, la beauté de la plus idéale des forêts.

Et cette forêt, ROB-788 en était le gardien.

ROB-788 avait eu une fonction antérieure dont il conservait encore, profondément enfouis dans sa mémoire positronique, les routines et protocoles, mais quand on avait voulu donner un protecteur et un jardinier à la forêt, ses maîtres avaient décidé de le réaffecter.

On l'avait donc reprogrammé, car ROB-788 était… un robot.

Un robot plus ou moins humanoïde, même si son visage se résumait à un ovoïde doté d'un capteur qu'on pouvait assimiler à un œil, et qu'une large chenille lui tenait lieu de jambes sous son torse étroit.

Pour le reste, il était nanti de deux bras dont il pouvait faire jaillir différents outils, de la pelle à la pioche en passant par le pulvérisateur, le sécateur, le taille-haie, ou la tronçonneuse… le nécessaire du parfait forestier ou jardinier.

Il avait également quelques autres instruments, datant de son ancienne fonction. Ses maîtres n'avaient pas jugé utile de les lui retirer quand ils l'avaient réaffecté… pour le cas où… Après tout, il était aussi gardien.

Cela impliquait d'entretenir les différentes essences, d'éviter que les unes ne prennent le pas sur les autres et ne brisent le fragile équilibre de la forêt.

Il en allait de même pour les petits locataires du sous-bois, de la musaraigne au renard, dont il devait veiller à la régulation.

Bien que doté d'une émotivité limitée, par la volonté de ses concepteurs, il n'aimait pas devoir « réguler » les populations d'animaux. C'était pourtant un mal nécessaire. La survie de la forêt était à ce prix. Que les renards, qui n'avaient pas de prédateurs, prolifèrent trop, et ils auraient dévoré tous les petits mammifères ou les oiseaux, qui, eux, régulaient les populations d'insectes.

Comme tous les robots de sa génération, la dernière qu'avaient créée ses maîtres, il était capable de s'autoréparer et d'assurer son entretien. Alimenté par une pile à fusion froide, il était virtuellement immortel. L'alliage qui le composait pouvait résister au poids d'un char d'assaut et isoler ses circuits de la chaleur d'une explosion nucléaire.

Il était donc, et pour très longtemps encore, peut-être même pour l'éternité, le gardien de la forêt.

Car cette forêt n'était pas une forêt comme les autres. Non, cette forêt était… la dernière forêt de la Terre.

Il y en avait eu d'autres avant. ROB-788 le savait puisqu'il conservait une bonne partie des essences végétales qui poussaient autrefois dans le monde du dehors, au-delà du dôme… ce dôme de plus de cinq kilomètres de rayon qui protégeait la forêt, sa forêt. Ce dôme sous lequel, à l'abri du monde extérieur, et par la grâce des hologrammes, on pouvait se croire sous ce ciel bleu qui avait autrefois été celui de cette planète, ou sous les étoiles, puisque le cycle des jours et des nuits était respecté, ainsi que celui des saisons. Les végétaux recevaient la dose d'ultraviolets nécessaire et optimale à la photosynthèse…

Mais ROB-788 connaissait la réalité du monde extérieur. Il se postait souvent devant les embrasures d'observation creusées dans les parois du dôme, derrière les épaisses dalles de polymère transparent.

S'il avait été organique, ROB-788 aurait peut-être versé des larmes, en songeant, comme il le faisait parfois, à ce que les humains, ses concepteurs, avaient fait de leur monde : ce vaste désert couleur de rouille qui s'étendait au-dehors, balayé par des vents démentiels dont les hurlements lui parvenaient, atténués, même à travers la paroi translucide.

La pollution d'abord, puis les conflits induits par l'accroissement démographique exponentiel, dans cet environnement de plus en plus étriqué et mortel… Puis les guerres, de plus en plus meurtrières, de plus en plus dévastatrices, conséquence de cet état de fait, jusqu'à la dernière, avaient parachevé l'œuvre commencée voici des milliers d'années.

Cette guerre qui l'avait vu naître… Avant que son dernier maître, avant de mourir, ne le reprogramme et ne l'affecte à la protection de la forêt.

Plus rien ne pouvait vivre, là dehors, dans cet enfer de terres empoisonnées, stérilisées : plaines de cendres pulvérulentes que balayaient des tempêtes si violentes qu'aucune créature organique n'aurait pu y survivre plus de quelques secondes.

Les vagues des océans toxiques battaient des côtes fantômes et les vestiges de nécropoles que n'animaient plus la moindre lumière, le moindre mouvement, la moindre vie.

Même avec ses capacités émotionnelles limitées, ROB-788 se sentait toujours triste, quand il se rendait, comme aujourd'hui, derrière une de ces embrasures pour contempler le désert de dunes ocre, sous les nuées fuligineuses qui bouillonnaient dans le ciel et masquaient le soleil, vestige des millions de tonnes de poussière que le feu d'artifice final avait projetées dans l'atmosphère.

Des chicots de pierre, comme des dents jaunes, que le vent de sable se chargeait d'abraser, pointaient hors des flots pétrifiés.

Plus loin, là-bas, s'il zoomait au maximum de ses oculaires, ROB-788 pouvait deviner une plage que battait un ressac d'écume à la teinte vénéneuse.

Une lumière couleur de soufre sale baignait cette désolation qu'il balayait de ses capteurs, l'iris de son œil s'ouvrant et se fermant dans un petit sifflement mécanique.

Sur son épaule, Panache pépia un trille triste, comme chaque fois qu'ils venaient ici tous les deux.

Panache était un écureuil roux qu'il avait recueilli. Il aurait normalement dû le réguler, lui aussi, avec les autres de sa portée, mais Panache avait levé sur lui ses grands yeux… Quelque chose, au fond de son cerveau positronique, avait été touché… Il n'avait pas pu le « terminer », mais il l'avait retiré de la forêt, et l'avait gardé avec lui.

— Oui, Panache, c'est triste ce que les humains ont fait de ce monde. Mais ici, sous le dôme, nous sommes à l'abri.

Le petit écureuil leva vers lui ses grands yeux roux et lança un nouveau pépiement.

— Non, Panache. Il n'y a rien à craindre. Je suis là pour protéger la forêt. Et je serai toujours là…

Il reporta à nouveau son regard vers l'extérieur, par-delà la barrière translucide à l'épreuve des éléments, que même les vents capables de décaper la chair sur les os et de ronger la pierre n'entameraient pas en un million d'années.

Panache trilla une nouvelle rafale interrogative, en grimpant au sommet de sa tête.

— Non, les humains ne viendront plus. Ne t'inquiète pas. Il n'y a plus d'humains, Panache… Il n'y a plus rien dehors…

Mais alors même qu'il prononçait ces mots, les capteurs de ROB-788 décelèrent quelque chose d'impossible…

Ses épaules, sous le coup de la surprise, sursautèrent brièvement, en un geste presque humain. Ses capteurs firent le point, grossirent une fois encore l'image, basculèrent sur plusieurs modes, du sonar au thermographique, tant il ne parvenait pas à croire ce qu'il découvrait. Tout confirmait ce que son œil infaillible lui avait dévoilé.

Une colonne de silhouettes sombres progressait, là-bas, dans cet univers empoisonné, cet enfer toxique où la vie même était un miracle. Des silhouettes courbées, voûtées, misérables, couvertes de couches de vêtements protecteurs, étranges spectres emmaillotés de hardes de récupération, tissu et métal.

Il ne pouvait voir leurs visages, bien sûr, dissimulés qu'ils étaient par des masques, des plaques de fer, des casques abîmés pour certains ou seulement des voiles, mais il savait, sans l'ombre d'un doute, qu'il s'agissait de visages humains.

Des humains… des humains hors du dôme.

Il aurait pourtant juré que les humains, même les plus opiniâtres, les plus résistants, avaient disparu depuis plus de cent ans… quand…

Mais il n'y avait pas à s'y tromper, l'allure, cette manière de se déplacer, courbés contre le vent… Il ne pouvait s'agir que d'humains… Probablement les derniers humains de cette Terre. Pauvres diables. Comment avaient-ils survécu jusque-là, dans cet enfer qu'ils avaient eux-mêmes créé… ROB-788 se le demandait.

Panache s'agitait en couinant de petits cris. Lui aussi, maintenant qu'elles étaient plus proches, avait découvert la présence des silhouettes, certaines, plus grandes, en soutenant ou en portant d'autres, les plus vieux, devina-t-il, ou les plus jeunes.

Les plus jeunes…

ROB-788 se souvint, une fois encore, de ce regard que lui avait jeté la dernière petite humaine qu'il avait vue… ce regard qui l'avait tant secoué et l'avait forcé à désactiver sa puce d'émotivité… Cette petite humaine aux grands yeux sombres et aux cheveux noirs qui le fixait avec cette expression d'incompréhension avant que…

Il se disait souvent que le fait d'avoir adopté Panache lui venait d'elle… Une manière de se racheter. Comportement illogique. Humain.

Il se connecta au système de surveillance du dôme et ouvrit, quelque part dans son cerveau positronique, une fenêtre pour les images que lui transmettait la caméra de l'entrée principale sur laquelle s'affichaient le désert de dunes et de roches et, par intermittence, entre les rafales de sables, les silhouettes misérables qui approchaient.

C'était il y a cent ans…

Cette fois-là, comme aujourd'hui, un autre groupe humain s'était présenté devant les portes. Comment étaient-ils arrivés ici ? Avaient-ils trouvé le dôme ? Il n'en avait aucune idée. Peut-être sur d'anciens documents ? Ou était-ce un simple hasard ? Ils n'avaient pas voulu lui dire, mais il avait cru comprendre qu'il s'agissait d'une légende courant parmi les derniers humains.

Eux aussi étaient arrivés en cheminant à travers les sables, avaient tapé à la porte du dôme, avec des objets de fer.

ROB-788 avait attendu avant de leur ouvrir. On l'avait, bien sûr, programmé selon les lois de la robotique, et il devait porter secours aux humains… Mais il devait aussi protéger la forêt, c'était sa programmation prioritaire, celle qui prenait le pas sur toutes les autres… Et il connaissait la nature humaine, il suffisait, pour cela, de regarder dehors… Les hommes, même si certaines de leurs réalisations, comme ce dôme, étaient remarquables, pouvaient aussi se montrer destructeurs et violents.

Il avait hésité, hésité longtemps…

Des voix étaient montées de l'extérieur, relayées par les micros, des voix qui avaient touché sa part émotive… Celles d'hommes, de femmes, et celles, plus aiguës, d'enfants. C'est à ce moment-là qu'il aurait dû couper sa puce d'émotivité, mais il ne l'avait pas fait.

Il avait ouvert aux humains.

Il les avait maintenus dans le sas. Comme ils regardaient autour d'eux, inquiets, et il les avait passés à la décontamination. Il les avait prévenus, mais il y avait eu des cris, des grognements, des gestes brutaux. Quand le protocole s'était achevé, il avait ouvert la seconde porte et les avait rejoints dans le sas. Un instant, la part émotive de sa personne avait été horrifiée par ce groupe dépenaillé, malodorant, sale, couvert de hardes répugnantes.

Les visages s'étaient dévoilés, des visages tannés comme du cuir, ridés, non, parcheminés pour certains, marqués d'étranges tatouages. Tous étaient empreints d'une dureté, d'une sauvagerie presque inquiétante, celle qu'avait engendrée en eux une vie entière dans un enfer où le moindre faux pas signifiait la mort, où tout ce qui vous entourait, jusqu'à l'air que vous respiriez, contribuait à vous tuer.

S'il avait été de chair et de sang, ROB-788 aurait peut-être eu peur, mais ROB-788 était conçu pour résister à presque tout sur cette Terre. Rien de ce que possédaient ces humains, ces armes ridicules : lances pour certains, haches pour d'autres, fusils à impulsion ou à plasma, n'auraient pu entamer son blindage.

Un instant, il n'avait pu s'empêcher de se dire qu'il avait fait une erreur. Mais son regard s'était soudain arrêté sur le visage de la fillette, ce visage aux grands yeux bruns qui l'avaient troublé de leur mystère, avaient touché, en lui, sa puce d'émotivité.

Quand celle qui les dirigeait, une femme au visage tatoué qui devait avoir près de trente ans, mais en paraissait le double, s'était approchée et lui avait demandé asile en le fixant avec un regard perçant, il avait répondu oui.

Il les avait conduits dans sa forêt, le seul endroit où il pouvait les recevoir. Chemin faisant, il leur avait édicté les règles qui leur garantiraient une vie paisible au sein du dôme, dans le respect de l'équilibre.

La matriarche et les autres l'avaient écouté, et semblaient avoir compris ses paroles, même si certains enfants s'étaient écartés pour cueillir des fruits sans autorisation ou arracher des feuilles ou des branches. Il avait un peu tiqué, mais s'était dit que les adultes leur transmettraient plus tard les règles de vie sous le dôme.

Quand un des mâles avait saisi un milan qui, sans méfiance, s'était posé à côté d'eux, et lui avait tordu le cou, ROB-788 s'était arrêté. Il avait fixé l'homme et la matriarche et leur avait expliqué que, s'ils pouvaient chasser dans la forêt pour se nourrir, ils ne devaient le faire que dans les limites qu'il aurait définies pour préserver la population animale... Et ne devraient pas dépasser le quota.

Son regard s'était attardé sur le bel oiseau au cou brisé. Il avait senti, devant cette barbarie, ce réflexe de violence, un étrange malaise. Bien sûr, lui-même régulait la population des rapaces, comme des autres espèces, mais il le faisait de manière miséricordieuse, pas... pas ainsi.

Pour la première fois, il avait pressenti les problèmes à venir.

Les humains avaient échangé des regards, des paroles. La matriarche avait réprimandé l'homme. Le groupe avait fini de s'installer entre les arbres. La matriarche l'avait remercié. ROB-788, après s'être assuré que ses hôtes ne manquaient de rien, près de la rivière où ils avaient planté leur campement, s'en était allé, non sans remarquer le regard de la fillette qui le suivait de ses grands yeux noirs.

En la fixant, elle qui, maintenant, observait les sous-bois, émerveillée, il s'était dit qu'offrir un abri à cette enfant et aux autres contrebalançait le fait d'avoir fait entrer les humains dans le dôme… et mettre la forêt en danger.

Il avait vu d'autres petits humains gambader entre les arbres. Leurs rires, rebondissant d'un tronc à l'autre, lui avaient fait plaisir. Une forêt, s'était-il dit, comme ses chenilles l'entraînaient vers le centre de contrôle, c'était plus beau avec le rire des enfants. Il avait vite déchanté.

Le lendemain, les alarmes du dôme s'étaient déclenchées. En ouvrant le programme de gestion, il avait vu que du feu et de la fumée avaient été détectés dans la forêt… À l'endroit où il avait installé les humains. Il s'y était rendu. Ses nouveaux locataires avaient abattu des arbres. Ils avaient fait un grand feu au milieu de la clairière, brûlant les branches d’essences inestimables qui n’avaient plus de représentants sur Terre. Il devait arrêter ça.

Il s’était précipité vers la matriarche de toute la vitesse de ses chenilles et lui avait dit qu’ils devaient éteindre le feu, et, s’ils en avaient vraiment besoin, lui demander, avant, quelles essences brûler.

Elle lui avait répondu d’accord pour les essences, mais lui avait objecté, en ce qui concernait le feu, qu’ils en avaient besoin pour se réchauffer pendant la nuit et cuire leurs aliments. Quand il avait demandé de quels aliments il s’agissait, il avait vu que les humains avaient cueilli sans discernement des fruits rares, bien plus qu’ils n’en avaient besoin. Il avait demandé pourquoi. La matriarche lui avait répondu qu’ils pourraient ainsi faire des réserves… En plus, avait-elle ajouté, quelques-unes des leurs étaient enceintes. Elles auraient bientôt besoin de nourriture. Il fallait être prévoyant.

Un peu plus loin, il entendait, martelant ses capteurs auditifs, le bruit des haches qui frappaient le bois… le glas d’essences rares. Il avait vu le tronc d’un magnifique séquoia, un des deux derniers de ce monde, s'abattre en travers de la clairière. Il s'était élancé pour s'interposer entre le géant tombé à terre et les humains et leur demander d'arrêter ce massacre.

Les hommes, une expression sauvage et hostile sur leurs visages marqués, l'avaient fixé. Il avait craint qu'ils ne s'en prennent à lui, mais la matriarche s'était une fois encore interposée. Elle lui avait expliqué, de sa voix grave et sérieuse, qu'ils avaient besoin de bois pour construire une demeure, à moins qu'il ne modifie la température du dôme pour qu'ils aient plus chaud.

ROB-788 lui avait répondu qu'il ne pouvait pas, que la température était optimale pour la forêt et son écosystème. Elle lui avait donc dit qu'ils auraient besoin de ce bois pour leur demeure et qu'une fois qu'ils l'auraient, ils ne couperaient plus d'autres arbres. Il l'avait dévisagée, longuement, avait regardé le magnifique séquoia que les humains s'apprêtaient à débiter, géant foudroyé, sacrifié. La survie des hommes valait-elle ce sacrifice ? Un des deux derniers séquoias de ce monde…

Il avait hésité… Mais une fois encore, son capteur était tombé sur le visage de la fillette aux grands yeux sombres et aux cheveux noirs qui le fixait.

Elle souriait.

Il avait accepté et s'en était retourné dans le centre de contrôle… Et comme il percevait chaque coup de hache qui débitait en tronçons les branches majestueuses de ce géant qu'il avait vu croître depuis la graine, il n'avait pu s'empêcher de songer qu'il avait commis une terrible erreur.

La « nuit » suivante, ce qui, sous le globe, reproduisait les anciennes périodes nocturnes de ce monde, il s'était livré à des calculs. Pendant des heures et des heures, les algorithmes de son cerveau positronique avaient pris en compte le nombre d'humains : 134 pour être exact. Extrapolant à partir des données qu'il avait en sa possession : âge approximatif, fertilité… il s'était livré à une prospective pour arriver immanquablement à la même conclusion : s'ils se reproduisaient comme le faisaient les humains dans des conditions normales, leur population, en augmentant, aurait consommé toutes les ressources du dôme, et donc détruit la forêt, en moins de cinq générations… cette forêt et ses occupants dont il était le gardien. Ses estimations, même les plus optimistes, ne donnaient pas à la forêt plus de quatre-vingt-dix ans de survie avant que le dôme ne soit plus qu'un désert.

Le lendemain, il était allé trouver la matriarche et lui avait expliqué la situation. En arrivant près du camp, il avait failli intervenir en voyant des hommes ramener un daim qu'ils avaient abattu… Combien en avaient-ils chassés depuis qu'ils étaient ici ? Il allait devoir le vérifier, la population baissait de manière alarmante.

Comme il lui parlait, l'Ancienne le fixait de ses yeux pâles, délavés, avec un étrange regard. Elle lui avait demandé ce qu'il préconisait. Il lui avait expliqué, en termes simples, qu'il n'y avait pas trente-six solutions, qu'ils devaient soit stériliser une partie des humains pour éviter les naissances intempestives, soit les « réguler ».

Les yeux de l'Ancienne s'étaient plissés. Il avait deviné que le terme ne lui avait pas plu. Il avait donc expliqué comment il procédait avec les populations des autres « locataires » de la forêt, pour maintenir l'harmonie et l'équilibre. Il aurait préféré ne pas le faire, et devait, chaque fois, désactiver sa puce d'émotivité, mais il s'en acquittait de la manière la plus indolore possible. Bien sûr, comme pour les autres, il ne régulerait, chez les humains, à part cas exceptionnels, que les vieux ou les malades.

Il avait bien vu, au regard de l'ancienne, que ses recommandations ne lui convenaient pas, mais il n'avait pas compris pourquoi. Ses paroles étaient de la logique pure. Ce n'était qu'à cette condition que la forêt et eux survivraient.

Comme le silence s'éternisait, il lui avait donné jusqu'au jour suivant pour lui présenter son choix. Il lui avait également demandé de dire aux autres de cesser de chasser les daims dont la population baissait bien trop vite. Le régime carné qui semblait être celui des humains depuis leur arrivée était excessif. Ils pouvaient consommer de la viande, mais pas tous les jours.

Elle avait acquiescé avec un peu trop de facilité. ROB-788 en la fixant, avait su, par ses capteurs et les battements du cœur de l'Ancienne, qu'elle mentait.

Sur le chemin du retour, il avait croisé la petite humaine aux grands yeux qui l'attendait au bord du chemin. Quand il était passé, elle lui avait tendu un bouquet de fleurs sauvages. Il avait failli lui dire que c'était mal de les avoir cueillies, mais, étrangement ému, il les avait acceptées et les avait emportées dans le centre de contrôle pour les mettre dans un pot avec de l'eau.

Le lendemain, à « l'aube » il avait repris le chemin du camp humain, espérant que l'Ancienne aurait opté pour la stérilisation d'une partie du cheptel. Arrivé à cinq cents mètres du camp, il avait senti le sol se dérober sous ses chenilles. Il était tombé dans une fosse profonde.

Des silhouettes d'humains avaient aussitôt surgi tout autour du trou et braqué les canons de leurs armes sur lui. Parmi eux, il avait reconnu la matriarche. Elle lui avait hurlé qu'ils étaient des humains, et que le propre des humains était de perpétuer la vie, que c'était leur liberté, leur nature d'homme et de femme qu'il voulait bafouer, que lui, la machine, ne pouvait, ne pourrait jamais comprendre ce que c'était de sentir une vie croître dans son ventre, un petit être s'accrocher à son sein, l'amour d'une mère pour son enfant, qu'ils trouveraient leur équilibre, mais n'avaient pas besoin d'un être sans cœur pour cela.

Le feu avait plu sur lui, mitraille de balles, faisceaux de particules, de plasma… la température, dans la fosse, s'était élevée à quelques millions de degrés. N'importe quel robot jardinier aurait été réduit en cendres ou vaporisé, mais pas lui… ROB-788, avant d'être reprogrammé, avait été créé pour une autre tâche que l'entretien de la forêt.

Comme les tirs le frappaient, il avait compris, avec une tristesse infinie, que ce qu'il avait cru était impossible. Les humains étaient imperméables à la logique. Leur besoin d'assouvir leurs instincts, entre autres celui de reproduction, de répandre leurs gènes, de se perpétuer, était le plus fort… Et il ne pouvait les réguler, car les humains, contrairement aux autres occupants de la forêt, ne le tolèreraient pas et n'auraient de cesse de se venger.

Alors, dans le déluge de flamme et d'énergie qui pleuvait sur lui, il désactiva sa puce d'émotivité, et réactiva son ancien programme.

Dans son dos, des plaques de blindage coulissèrent. Une forme longue, menaçante, se mit en place. Ses avant-bras basculèrent sur leur axe, leurs mains remplacées par des canons d'armes à énergie. Du côté de ses chenilles, deux propulseurs antigravité se déployèrent.

Il s'éleva lentement pour planer au-dessus des humains.

Il avait été programmé selon les lois de la robotique et ne pouvait, normalement, pas attenter à la vie d'un humain, mais la survie de la forêt, qu'on lui avait implémentée, passait avant toute autre considération et invalidait ses anciennes instructions, même celles-là.

Il fit ce qu'il avait à faire, méthodiquement, avec application, un faisceau pour chacun… Une mort propre et miséricordieuse, en une fraction de seconde. Passant la forêt au crible grâce à ses capteurs, il les retrouva tous… tous… Car il savait qu'on ne peut raisonner un humain. N'en laisser qu'un en vie, c'était condamner la forêt. Les humains, contrairement aux autres mammifères, nourrissaient la rancœur et se vengeraient tôt ou tard.

Tous… Jusqu'à ce que le silence soit revenu.

Et dans ses circuits positroniques il emportait encore ces grands yeux qui le fixaient avec incompréhension avant qu'il n'en finisse, n'en finisse, croyait-il, avec les derniers humains de la Terre.

Cent ans plus tard, la forêt se remettait à peine, et voilà qu'un autre groupe d'humains, certainement le dernier, frappait à la porte du dôme.

Sur l'écran du capteur extérieur, il voyait, à nouveau, les visages levés vers lui, débarrassés de leurs voiles, de leurs casques, des visages ridés, tannés, marqués et d'autres, plus jeunes, avec de grands yeux qui suppliaient, espéraient un havre, le salut… Il n'entendait pas leurs voix, dans les mugissements démentiels du vent, mais il les imaginait.

Il coupa le circuit. Dans son cerveau positronique, l'image s'effaça.

Panache, sur sa tête, se pencha pour pousser un petit couinement interrogatif.

Il se mit à rouler, ses chenilles le portant hors du poste de contrôle vers la galerie à mi-hauteur du dôme qui surplombait la forêt… sa forêt.

— Non, Panache. Nous n'ouvririons pas. Je suis le gardien de la forêt, et la forêt n'est pas compatible avec les humains.

Et dans le « soir » qui tombait, il regarda les grands arbres s'alanguir dans l'ombre, sous le ciel factice, bruissant de toutes leurs feuilles sous la brise fabriquée.

Là-bas, quelque part, la rivière qui traversait le dôme charria du feu. Un coucou lança son chant, un renard détala.

Tout était beau.

N'y manquait, songea-t-il un instant, que le rire des enfants humains.

Il désactiva sa puce d'émotivité, et tout fut à nouveau parfait, dans la dernière forêt du monde… Une forêt qui n'existait que pour elle-même, les animaux… et les yeux d'un robot.

ANNE-FLEUR MULTON

LA CONFITURE DE MÛRES

Ma mère, elle m'a juste dit : fais ton sac, bébé, on y va. Mon sac, tu penses, il était déjà prêt, alors je l'ai juste balancé sur mon épaule, j'ai fermé la porte de ma chambre et j'ai traversé l'appart. De toute façon, je préférais chez mamie à ici.

Depuis le couloir qui sentait toujours un peu la pisse du chat de la voisine, celle à qui on n'a jamais parlé mais qu'on croise parfois et qui sent comme le couloir, j'ai entendu la télé qui s'allumait dans l'appart. Forte, la télé. J'ai pensé au père Ledru du syndic qui se prend pour un petit chef ici qu'allait encore râler qu'on devait baisser la télé ou sinon il allait appeler l'huissier ou un mec comme ça. En fait il fait jamais rien à part faire chier, le père Ledru, vu comme il est dans la merde, rapport à ses retards de paiement de loyer. Tout le monde le sait.

Mon père, tfaçon, même l'huissier il pourrait pas lui faire éteindre la télé quand il l'a allumée. C'est un genre de moule, mon daron, un seul neurone et pas beaucoup de mobilité, et d'ailleurs il s'appelle Bertrand, je trouve que c'est un nom de moule aussi. Le truc c'est que je préfèrerais qu'il soit vraiment une moule, parce que les moules au moins elles sont dans la mer et elles gueulent pas.

D'un côté, comme ça je peux aller chez mamie, on bouffe des raviolis et j'ai droit de mettre ce que je veux à la télé.

Ma mère, elle a fait claquer la porte de la Clio un peu fort, et on sait pas si c'est parce qu'elle est toujours fâchée et triste ou si c'est parce que la porte elle est un peu dure rapport qu'on la huile jamais, ensuite elle a dit Évidemment fallait qu'il flotte, et c'est vrai qu'en cinq minutes le temps d'aller sur le parking, on était toutes les deux trempées. Elle a monté un peu le chauffage, elle a dit Putain de pluie de novembre de merde, mais ensuite elle a dit Pardon bébé, rapport au fait qu'il faut pas dire de gros mots et tout, comme si ça la rattrapait d'un coup que j'avais treize ans et que les vraies bonnes mamans elles disent pas putain devant leurs gosses. Elle m'a dit aussi T'as pris de quoi faire tes devoirs, bébé, et j'ai dit oui comme si je les faisais à chaque fois alors qu'on sait bien toutes les deux que c'est faux, que j'ai pas ouvert un cahier depuis des semaines. Depuis l'affaire avec Viviane, si on y pense.

Avec ma mère, on est des pros de faire semblant. Ça fait que des fois, on oublie c'est quoi la vraie vérité.

Du coup, on savait plus quoi ajouter vu qu'on pensait toutes les deux à ça, mais qu'on pouvait pas vraiment le dire, alors j'ai augmenté le son de la radio, aussi pour donner l'impression à ma mère que je la voyais pas pleurer. Après, sinon, elle s'en veut, elle dit Pardon bébé, elle renifle, elle se met de la morve sur le bras et tout, et moi j'aime pas que ma mère elle me fasse pitié. Bref, on a écouté Calogero sans rien dire et même si c'est une musique de vieux et que c'est naze, c'était quand même mieux qu'à la maison. Dehors, ça caillait sévère, on le sentait si on posait sa joue contre la vitre, mais nous on était à l'abri, avec Calogero, le chauffage qui soufflait fort et les lumières de la ville qui font comme des illuminations dans la nuit.

On a roulé comme ça sans rien dire pendant à peine dix minutes, parce que ma mamie elle habite pas loin de chez nous, dans un quartier avec des familles à clebs et des gosses à trottinette. Avant, j'y allais chaque mercredi après l'école, mais pas cette année, pas que j'aime pas mamie, mais on s'emmerde chez elle aussi. Et ça sent le vieux. Et puis y'avait Viviane, aussi, le mercredi après-midi.

Avec mon index, j'ai appuyé sur la boucle de ma ceinture pour la libérer. J'avais déjà dans le nez l'odeur un peu âcre des thuyas en hiver, et j'étais en train de m'engueuler que j'avais oublié mes gants dans les poches de mon autre manteau et que j'allais devoir toucher avec mes mains nues la poignée humide et dégueulasse de la poubelle verte que mamie met devant son portail le jeudi, rapport au fait que les éboueurs passent le vendredi. Normalement, ce qui se passe, ensuite, c'est que ma mère, elle attend que je pousse la poubelle qui dégoûte, que j'ouvre le portail pis elle rentre la Clio dans l'allée et mamie sort sur le perron, elle nous scrute avec ses yeux qui font mal au bide, ça se voit qu'elle est inquiète parce qu'elle serre son gilet contre elle mais elle dit rien, et on rentre et du coup elle rajoute deux couverts et elle me dit Titite tu peux aller te poser sur le canapé en attendant que les pâtes elles bouillent, y'a *Danse avec les stars* à la télé mais mets ce que tu veux, pis c'est tout, c'est comme ça.

Seulement, ma mère, ce soir-là, elle a pas ralenti devant l'impasse des Genévriers. Je lui ai dit On s'arrête pas ?, et maintenant c'était Chimène Badi à la radio, et ma mère elle a juste répondu Non bébé et on a continué à rouler dans Saint-Julien et ce que je peux te dire c'est que à part ma mère, les grosses gouttes de pluie glacées, un petit chat noir sur une clôture et moi, y'avait personne dans les rues, à Saint-Julien, passé vingt et une heures, le jeudi soir. Les gens à Saint-Julien ils sont chez eux, on voyait les lumières chaudes derrière les baies vitrées bien fermées, la table sûrement déjà mise par des gosses bruyants qui racontent la journée, la mère elle est un peu crevée, elle dit Faites moins de bruit et aussi Ce soir c'est lasagnes bolo ça vous va ? Et le père il ressemble à celui de la pub des pâtes Lusigni il fait une blague et tout le monde rigole, et certainement que derrière ce genre de baie vitrée les devoirs sont faits et les cartables pour demain sont prêts, et ça sent tellement bon les lasagnes bolo que même le clebs qu'a pourtant un sale caractère de clebs de Saint-Julien, il a l'air content.

On a continué à rouler dans la nuit, comme ça, avec la radio qui faisait du bruit pour nous. On a dépassé Saint-Julien, puis on est arrivées sur la rocade, et ma mère, elle a pris la troisième sortie, celle qui va en direction des lacs de la forêt d'Orient.

C'était la première fois, je veux dire, qu'on s'arrêtait pas.

J'avais envie de demander où on allait, parce que c'était déjà tard et qu'à part chez mamie, on connaissait personne chez qui passer la nuit, mais d'un côté j'avais peur que si je disais un truc, ma mère, elle allait faire demi-tour, que tout allait redevenir comme d'habitude. C'était un peu hypnotisant de rouler comme ça bien au chaud dans notre petite voiture, avec les champs à l'infini qui faisaient comme une sorte de mer sombre, sans savoir où on allait. Peut-être qu'on s'arrêterait jamais, que ça durerait toujours. On aurait pu le croire, avec la route qui semblait apparaître juste pour nos phares, puis disparaître à nouveau derrière nous.

On a traversé deux ou trois villages, de plus en plus petits, et puis très vite, il n'y a plus eu que la départementale qui flottait dans le noir, ChérieFm, ma mère et moi. Je m'étais installée plus confortablement, avec mon manteau sur mes genoux pour faire comme une petite couverture et ma grande écharpe coincée contre la vitre et ma joue comme un oreiller.

Ma mère, elle pleurait plus.

Ensuite, la radio a grésillé une fois, on a entendu le début d'un bulletin météo qui annonçait de la neige, grésillement, Julien Clerc de nouveau et ça a été tout. Cette fois-ci, on était vraiment rentrées dans la forêt d'Orient.

C'est à ce moment-là que la neige s'est mise à tomber. Fort, la neige. En gros flocons. Ma mère, elle a dit C'est beau hein bébé. Elle avait la voix un peu rouillée, vu que c'est une grosse fumeuse, ma mère, et qu'elle est souvent triste. C'est vrai que c'était beau, même si on voyait pas grand-chose, rapport au fait qu'il était pas loin d'être onze heures et que le premier réverbère devait être à des milliers de kilomètres de notre petite Clio. Et puis soudain, un flash, dans l'obscurité, presque éblouissant après cette dernière heure dans le noir. Dans le virage, nos phares ils venaient d'éclairer brutalement un panneau, juste une seconde mais c'était genre bien net comme dans les pubs de la sécurité routière, ça montrait une biche qui sautait, ou un cerf, enfin une bête de la forêt et j'ai pensé que si j'étais un cerf, c'est clair que je me taperais une voiture direct. J'ai dit à ma mère Fais gaffe aux biches, hein, et j'ai sorti de mon sac un paquet de M&M's, j'avais rien dans le bide depuis les escalopes de poulet molles de la cantine, ce midi, et toute façon j'avais pas fini mes escalopes, j'avais juste bouffé du pain et le dessert parce que c'était une Danette et que ça au moins, ça a toujours le même goût que prévu, même à la cantine. J'avais pas souvent faim, de toute façon. Mais dans la forêt, c'était différent.

J'avais plus si peur que ma mère fasse demi-tour, maintenant. On était allées trop loin. J'ai vu qu'elle se disait la même chose, ma mère. Qu'elle savait pas plus que moi ce qu'elle foutait là, seulement que tout ce silence après les beuglements du père, les beuglements de la télé, les beuglements de la ville même, c'étaient comme des pansements sur les tympans.

Elle a pris un M&M's sans lâcher la route des yeux, parce qu'il neigeait de plus en plus fort et même si c'était beau, tout ce blanc qui éclairait la nuit noire, c'était aussi dangereux et qu'on voulait éviter de finir épinglées à un arbre ou à une biche, ou un cerf, bref, à une bête de la forêt. J'ai dit : Beurk, t'as pris un bleu, c'est les plus dégueulasses, et ça l'a fait rire, ça a fait rire ma mère, ça faisait longtemps. Il était un peu moche, son rire, différent du rire de Viviane, il grattait, celui de ma mère, ça se sentait qu'il était rouillé aussi. J'aimais bien quand même.

Ensuite ça a été minuit, et j'aurais pas remarqué si ma mère avait pas râpé l'intérieur de la Clio avec son vieux rire et qu'ensuite, le chauffage s'était pas arrêté, comme ça, d'un coup. À pile minuit. Ma mère a dit : Putain de batterie de merde de Clio à la con, puis ensuite Pardon bébé, et va savoir pourquoi, de se savoir coincées là sans chauffage au beau milieu de la forêt d'Orient couverte de neige et de nuit, dans une bagnole encore plus cassée que nous, avec juste un paquet de M&M's, ça nous a refait rire, ma mère et moi. On a rigolé à en chialer, on n'arrivait plus à s'arrêter. Plus fort, plus abrasif encore, on n'avait tellement plus l'habitude, si on riait encore c'était sûr, ça allait briser les gonds pourris de la Clio, arracher sa peinture écaillée, exploser son capot gondolé, on déchirerait même la nuit avec les éclats coupants de nos rires retenus.

En fait on n'a pas cassé la voiture. J'ai remis mon manteau et mon écharpe, et j'ai demandé un peu fort J'appelle mamie ? mais c'était juste pour se faire croire à une solution, parce que tout le monde sait bien qu'il n'y a pas de réseau dans la forêt d'Orient, et encore moins à minuit quand il neige. Les biches, elles ont pas de téléphone. Pour la forme, j'ai quand même fait semblant de chercher du réseau, je suis sortie de la voiture garée sur le bas-côté, dans la nuit intacte, et j'ai pataugé dans la neige sur quelques mètres, histoire de dire.

Heureusement que j'avais fait ça, me mettre sur la pointe des pieds, en brandissant mon téléphone à bout de bras, et heureusement que tout était blanc, aussi, parce que l'obscurité était un peu moins obscure, sinon, je l'aurais peut-être jamais vue.

J'ai crié Maman, y'a un truc, là ! Et j'ai vu la tête de ma mère se tourner vers moi un peu vite, faut dire ça faisait longtemps que je l'avais pas appelée maman, aussi, mais ça se trouve c'était juste parce qu'elle était surprise que je crie, les cris la nuit c'est effrayant, tu vois. Du coup, j'ai ajouté que y'avait comme une cabane, là-bas, à dix quinze mètres, et qu'on ferait peut-être bien d'aller voir, et en vrai ça me plaisait presque cette panne de batterie, parce que les voyages ça doit avoir un but, et que le nôtre venait d'en trouver un, c'était clair maintenant qu'on avait roulé juste pour cette cabane enchâssée dans la neige, au milieu des bois. Peut-être même que c'était la cabane qu'avait organisé notre fuite, et la panne de la Clio, et la recherche de réseau, et la neige qui reflétait la nuit.

Ma mère, elle a pris son manteau, son écharpe et son sac, puis elle est sortie de la voiture et m'a tendu le mien, de sac, j'entends. Elle avait pas l'air d'avoir peur.

Parfois, j'ai l'impression qu'avec ma mère, on est un peu allées au bout de la peur.

C'est marrant, le silence de la neige. Ma mère était juste devant moi, mais je l'entendais à peine, alors qu'elle respirait fort, rapport qu'elle fumait trop et que d'habitude ses poumons raclaient de juste marcher. Là, c'est comme si elle et moi, on flottait dans la nuit qui faisait comme un manteau autour de nous. On était bien, en fait. Je me suis senti respirer. Ça faisait longtemps que j'avais pas respiré vraiment. Depuis l'affaire avec Viviane, en fait.

On a poussé la porte du petit refuge, et c'était bien un refuge, un avec une belle porte en bois solide, et qui sentait la forêt tamisée par-dessus le marché. Les yeux de ma mère, dans la lumière blanche du téléphone, ils ont dit Putain de coup de chance, hein bébé, et puis Pardon bébé, rapport qu'on est pas censé dire putain devant ses gosses même si c'est avec les yeux.

Ça caillait quand même, dans le refuge, surtout après le chauffage limite étouffant de la Clio, même si c'était beau et tout, et qu'on était plus à l'abri que dehors. J'ai pensé On va crever de froid si ça continue de neiger, et à ce moment-là, y'a tout qui s'est éclairé d'un coup, une bonne petite lumière bien chaude qui faisait même pas mal aux yeux après toute la nuit de la forêt, et ma mère, elle a fait J'ai trouvé la lampe-tempête, bébé ! avec les yeux triomphants. Et ensuite, On va se faire un petit feu, tu vas voir comme on va être bien, et elle m'a jeté sur le dos une couverture que je savais même pas d'où elle venait, qui sentait un peu le moisi, d'ailleurs, mais ça m'a pas dérangée. Les mères, parfois, ça étonne. On dirait pas comme ça, elle m'a dit, la mienne de mère devant mon air surpris, mais dans le temps, j'ai fait les scouts, même que j'étais plutôt bonne, bébé !

C'est vrai qu'on n'aurait pas dit.

Elle avait l'air contente, ma mère. Je l'ai regardée s'agiter, allumer le feu avec un vieux journal, du bois qui séchait devant la cabane et son briquet, et je me suis fait la réflexion qu'elle s'était pas grillé une clope depuis des lustres, et ça aussi c'était bizarre, rapport que ma mère, c'est vraiment une grosse fumeuse. Après, on s'est collées l'une à l'autre devant le feu, comme ça, enroulées dans des vieilles couvertures goût scout, et y'avait longtemps là aussi qu'on s'était pas collées pour un câlin. On avait un peu oublié comment on faisait même, et au début c'était pas confortable, avec l'épaule de ma mère qui me piquait les côtes, mais en même temps bizarrement j'aimais bien. Comme quoi y'a parfois des bonnes douleurs, hein. Et j'aurais bien voulu jamais dormir, parce que c'était trop bon, l'odeur du cou de ma mère comme quand j'étais petite, et les lumières du feu qui lui faisaient presque un beau visage doux de vraie maman. J'ai dit T'es belle, et évidemment deux secondes après j'étais endormie, et faut savoir un truc, c'est que je m'endors jamais d'un coup comme ça, d'habitude.

Ensuite, quelque chose a toqué au carreau. Trois petits coups secs. Je me suis dit C'est sûrement un pivert, ou une biche, ou un cerf, bref, une bête de la forêt, et donc je me suis retournée pour me rendormir sauf que ça a retoqué, et j'ai pensé Putain de piaf (ou de biche, ou de cerf, bref, putain de bête de la forêt), parce que là, c'est clair, j'allais jamais me rendormir, en plus que le feu il s'était presque éteint, avec juste les braises qui restaient, donc ça caillait.

Et là, ça a retoqué. Réveillée pour réveillée, autant voir une biche, j'ai pensé, moi qu'en ai justement jamais vu, donc je me suis enroulée dans ma couverture et j'ai été voir à la fenêtre ce qui se passait. Ma mère, elle pionçait tellement profond que ça l'a même pas fait bouger, que je m'extirpe mes bras qu'étaient mélangés avec les siens.

Le truc, c'est qu'au début, j'ai rien vu, rapport qu'il faisait encore sacrément nuit dehors, même si ça commençait un peu à griser. Et puis là, alors que je me disais Merde, c'est sûr que la biche est partie, j'ai failli avoir une attaque. Parce qu'à la place de la biche, ou du cerf, ou de n'importe quelle bête de la forêt, y'avait un visage.

En temps normal, j'aurais certainement hurlé, parce que c'est ce qu'on fait, quand on se retrouve face à un visage qui semble flotter, comme ça, dans la forêt. J'aurais dû penser Putain y manquait plus que ça, un fantôme. Mais tu sais quoi ? Le plus bizarre, c'est que j'ai pas du tout eu la trouille. Genre un poil surprise, hein, on va pas se mentir, mais en vrai, j'étais surtout curieuse. J'avais l'impression d'avoir déjà vu ce visage quelque part, et d'ailleurs c'était plus tant un visage qu'une fille, maintenant j'étais quasi sûre que je l'avais déjà croisée quelque part, y'avait ce truc dans le coin de la bouche, là, qu'inspirait confiance et quelque chose d'autre aussi – même si dans le matin qu'était encore bien foncé on voyait pas vraiment bien, faut se le dire.

La fille, elle m'a fait signe de sortir. J'ai pas fait de bruit, j'ai pris mon manteau, mon écharpe, et ma mère elle pionçait comme jamais, alors doucement j'ai ouvert la porte et je l'ai refermée sans bruit derrière moi. Elle était là, la fille, devant moi, toujours un peu dans l'ombre, elle m'a dit Vous avez eu un accident ? avec une belle voix chaude et là, j'ai su que j'avais rien à craindre. Non, j'ai fait, parce qu'y fallait bien répondre un truc, Non, on a eu un problème de batterie, et là mon ventre il a gargouillé mais genre fort, et la fille elle a rigolé, un rire que je connaissais aussi, doux comme un bon souvenir, pas méchant, le rire, et elle a fait Toi t'as faim non ? et ouais, clair, j'avais faim, j'avais rien mangé depuis les M&M's dans la Clio.

La fille, elle m'a pris la main, Viens, j'habite juste à côté, elle a fait en riant toujours, Viens, elle a repris, On va se faire un petit déj de reines, et je l'ai suivie en courant, même qu'elle courait vite pour une petite meuf de son gabarit. On a suivi un chemin qui contournait la cabane et qui s'enfonçait dans la forêt, je l'avais pas vu en arrivant, et très vite, presque tout de suite en fait, la fille, elle s'est arrêtée, elle a levé sa main théâtralement dans le noir grisâtre du matin, et elle a fait Voilà, c'est chez moi.

C'était beau, chez elle, pas comme chez nous que tout est petit et que tout est pourri et que tout sent la pisse du chat de la voisine. Là, c'étaient des vieilles pierres et des vieilles ardoises, une sorte de ferme mais un peu comme dans les livres, fenêtres en cul de bouteille et tout le bordel, et dans un genre de clairière en plus. Elle a dit Viens on va passer par l'arrière-cuisine pour réveiller personne, et moi j'ai pensé que de ma vie j'avais jamais été dans une arrière-cuisine, les maisons elles ont une cuisine et c'est tout, je trouve. Je me suis demandé ce qu'on pouvait bien manger dans une maison qu'avait une arrière-cuisine, et tout d'un coup on y était, par une porte qui donnait sur le potager, et c'était très sombre mais chaud, avec un feu qui brûlait dans une grande cheminée en pierre, une table en bois solide et des casseroles en cuivre où qu'on se reflétait, la fille, moi et les flammes du feu qui dansaient. J'ai dit C'est beau, parce que là aussi, c'était vrai, et la fille elle a farfouillé une seconde dans le buffet qui sentait la grand-mère et elle en a sorti un pain de campagne presque noir, un grand couteau, et un pot de confiture. C'est de la confiture de mûres, elle a fait, puis ensuite T'aimes ? et sans attendre, elle nous l'a tranché, le pain, large, épais, et elle a fait couler la confiture violette sur les tranches. Ça a l'air bon, j'ai murmuré, et elle a continué de faire couler la confiture en souriant par-dessous, ce petit sourire qui faisait comme un souvenir chaud et j'ai dit Je crois que je te connais, c'est bizarre, et la fille elle a souri et elle a dit Mange, alors j'ai mordu dans la tartine. C'était le genre de tartine qui remplit la bouche, la mie presque acide, la confiture douce avec les pépins qui grattent la langue, c'était plein, j'avais si faim, j'ai réalisé en mangeant, et c'est rare, parce que justement, j'ai jamais faim, d'habitude.

J'ai repris une bouchée, vorace, la bouchée, et c'est là que j'ai réalisé que j'allais m'en mettre partout. La confiture était très liquide, et la mie pleine de trous, et la confiture dégoulinait dans les trous, j'en avais déjà des coulures sur mon menton et sur mes doigts, la fille aussi d'ailleurs, et ça la faisait rire la fille, elle a passé le bout de son doigt taché de confiture de mûres sur ma joue pour rattraper la coulure, et elle l'a mis à la bouche, son doigt, elle a dit Faut pas en gâcher, pas vrai ? Et sur ma joue c'était comme si son doigt il avait laissé une trace de feu, c'était douloureux, doux-loureux, alors j'ai fait pareil, j'ai passé mon doigt sur ses joues un peu floues, je la voyais pas très bien dans l'ombre, c'est le problème des arrière-cuisines, ça, j'ai pensé, et j'ai mis mon doigt sur sa bouche, et elle a compris, elle a pris doucement le bout de mon doigt dans sa bouche à elle, et ensuite elle a redit Faut pas gâcher, hein. Moi, j'avais le cœur qui cognait fort. J'ai remordu dans ma tartine.

Ça cognait.

Et là j'ai vu que ça avait coulé sur mes bras, la confiture. Putain, j'ai dit, je m'en suis mis partout, et puis Ça tache, putain, ça part pas, cette merde, et la fille, elle a dit T'inquiète pas, c'est que de la confiture, je vais te chercher un truc pour te nettoyer, mais elle avait pas vu, elle, que ça avait coulé partout, que j'en avais sur les bras, que je le savais, moi, que ça partirait pas, qu'on ne nettoyait pas ça. Putain, j'ai dit, putain de confiture, pourquoi tu m'as filé de la confiture, Viviane, j'ai fait avec les larmes qui piquaient derrière les yeux, Merde, maintenant je suis tachée, bordel de merde, et j'ai eu envie de me casser de là, fallait partir, tout de suite, je voulais pas les taches violet foncé sur mes avant-bras, alors j'ai couru, couru en frottant sur les taches, mais elles collaient, je le savais bien, la confiture de mûre ça reste, la mûre ça tache putain, et la porte qui donnait sur le potager elle semblait loin dans le ventre noir de la maison en vieilles pierres noires, et la forêt dans la pénombre semblait épaisse comme la confiture, elle griffait, j'ai couru dedans, comme une dératée, Putain, Viviane, j'ai pensé, Putain j'avais pas besoin de ça, et le chemin il était trop long, et les taches elles grattaient, j'aurais voulu m'arracher la peau, tu vois. Il refaisait froid, j'ai remarqué, c'était à nouveau le froid vif de la neige dans le tunnel noir sale des arbres de la forêt, et je les entendais les pins qui ricanaient, et les bouleaux et le silence sourd du matin qui me courait après, tout le monde savait pour les taches, tout le monde savait toujours.

Et soudain, enfin, la cabane, là, et j'ai ouvert la porte, et le feu finissait toujours de mourir, et ma mère elle pionçait toujours pareil même position emmêlée et tout, je me suis jetée sur elle, contre elle, ma mère qui sentait bon la mère, j'ai mélangé mes bras avec les siens, contre elle, et j'ai fermé les yeux, pour calmer le cœur qui cognait, qui cognait fort, qui tapait…

Et puis ça a tapé au carreau. J'ai pensé Viviane, merde, ma mère est là, va-t'en, et là ma mère va savoir pourquoi en plus elle s'est réveillée d'un coup, elle qui pionçait quand j'avais besoin d'elle, et dehors il faisait jour, pourquoi il avait pas fait jour cinq minutes plus tôt, j'ai pensé, enfin c'est toujours comme ça.

Sauf qu'à la fenêtre, c'était un type, la quarantaine, et qu'on voyait bien son visage, à lui, pas de flou autour des joues. Ma mère s'est levée sur la pointe des pieds, marrant, elle pensait que je dormais encore, les mères elles font ça marcher sur la pointe des pieds pour pas nous réveiller, elle a ouvert la porte et apparemment, le type c'était un chasseur, il demandait si tout allait bien et non, rapport à notre batterie foutue, et à l'entendre on aurait bien eu de la chance, parce que c'était pas une route passante surtout en ce moment avec la neige et tout et qu'y avait personne à plusieurs kilomètres à la ronde qu'il a dit le type avec son air content.

Entre-temps je m'étais levée et j'ai fait Mais si y'a un hameau au bout du chemin, là, sauf que là, vers où j'ai montré, y'avait pas de chemin, juste la forêt tranquille qui brillait, blanche dans la lumière blanche du matin.

D'accord.

Ensuite il a fallu pousser la voiture avec le type qu'avait bidouillé des trucs vite fait dans le capot vu qu'il avait le matos, et comme il faisait chaud à pousser la bagnole sur la route, parce que c'est lourd une voiture, même une mini Clio, j'ai enlevé mon manteau, et ma mère elle faisait des blagues, c'est pas son genre habituellement enfin surtout pas le matin et encore moins quand elle a pas clopé alors ça m'a fait rire, et sans penser j'ai retroussé mes manches, j'avais chaud là, et le type, le chasseur, il était à côté de moi et il a dit avec ses yeux C'est quoi les taches violettes sur tes bras là, et il a regardé ma mère, et moi j'ai vite remis mes manches, et j'ai dit doucement C'est pas grave, c'est de la confiture de mûres. Ça tache.

Ma mère, elle a baissé ses yeux, ses yeux à elle, et le moteur de la Clio a toussé un coup, avant de redémarrer, alors elle a dit Rentre dans la voiture bébé, puis Merci monsieur, puis on est parties, un peu vite.

On va pas rentrer à la maison, bébé, elle a fait, ma mère, au bout d'un moment. On va s'en trouver une autre. J'ai rien répondu. Elle a pas chialé non plus. La Clio roulait toujours.

C'était bien.

Et d'un coup, comme ça, on est sorties de la forêt d'Orient, et mon téléphone, il a vibré trois fois : un message de mamie qui me demandait si je passais manger samedi midi et si oui filet de sole et frites ça m'allait parce que justement, elle avait acheté de la sole à Leclerc et qu'il fallait la manger, un message d'une meuf de la classe qui demandait si on avait cours de maths lundi en demi-groupe, et un message de Viviane. J'ai eu envie de sourire.

C'est qui, elle a demandé, ma mère, en sachant à moitié. C'est mamie, j'ai dit. Et ? elle a insisté. Et Viviane, j'ai répondu.

Viviane, prononcé à voix haute, c'est encore plus beau, comme prénom, que pensé dans la tête que rêvé dans ma tête. Je l'ai redit, pour le plaisir. Viviane, un deuxième coup. Et comme je savais plus trop quoi dire après, j'ai ajouté C'est très droit, ici, les routes.

Ça me ferait plaisir de la rencontrer, cte gamine, bébé, elle a dit, ma mère. Elle a qu'à venir pour la sole de mamie, si elle aime le poisson, hein ?

J'ai passé mon ongle entre mes dents, pour enlever un pépin de mûre coincé là, et j'ai dit Ouais, je crois qu'elle aimera ça, le poisson, maman.

Et ça a été tout.

MATHILDE PARIS

LA FILLE DE L'EAU

Ce n'est pas du sang qui coule dans mes veines, c'est du sel.

Je suis née il y a quatorze ans et quelques grains de sable, dans l'eau froide de l'océan Pacifique, m'a-t-on raconté. Un matin d'automne où les feuilles des arbres commençaient à tomber, où la lune s'était déjà retirée, où le ciel était aussi sombre qu'il l'est sous nos paupières.

On dit aussi que je n'ai pas crié, mais que je me suis laissé porter par le courant.

— À peine sortie du ventre de ta mère, tu as nagé. Agile comme une anguille, tes cheveux flottaient comme les nageoires fines du poisson combattant. Il faisait froid ce matin-là, mais toi, fille de l'eau, ça ne semblait pas te gêner. Tu étais enfin chez toi. Et quand ton père t'a sortie de l'eau, tu as pleuré et tu as tendu les bras vers l'immensité aquatique sans craindre de t'y noyer.

De ma naissance, je n'ai évidemment aucun souvenir, mais je garde au plus profond de moi cette histoire de la vieille Aiko, devenue légende au fil des années. Des gens mal intentionnés m'ont comparée au *kappa*, ce petit monstre des rivières qui attire les êtres humains à l'eau. Mais ce n'est pas ce que j'ai voulu retenir de mon arrivée sur Terre.

— Qu'ils parlent ! Tu es fille de l'océan, Himeko, ne l'oublie jamais.

Ce n'est pas du sang qui coule dans mes veines, c'est du sel.

J'ai grandi dans la baie d'Ise, au Japon, dans un village de pêcheurs où les maisons à flanc de colline ont pour horizon l'océan. Certains y voient un sentiment de liberté, de plénitude. Moi, ce que je vois, c'est une silhouette noire, floue, les pieds enfouis dans le sable fin, qui passe son temps à regarder l'infini de l'eau.

Cette silhouette un peu voûtée par les années, un peu fébrile, c'est mon père.

Du plus loin que je me souvienne, je l'ai toujours vu comme ça, les mains dans le dos. On pourrait s'y méprendre et croire qu'il scrute l'horizon, mais en réalité, ce qui accroche son regard, ce sont les Amas, ces « femmes de la mer », qui pêchent depuis des millénaires. Vêtues de blanc pour éloigner les requins, la tête enserrée dans un voile sacré qu'elles nouent d'une façon très spécifique, ces sirènes partent à la recherche de nourriture pour leur famille, mais aussi de richesses à vendre sur le port, malgré les dangers que comporte leur activité. On dit qu'elles cherchent des perles, mais ce n'est pas vrai. Leur plus beau trésor, c'est l'ormeau. Un mollusque marin dont la coquille serait, selon une légende ancestrale, pareille à un amour à sens unique.

Ma coquille d'ormeau à moi, mon amour sans retour, c'est mon père.

Tous les jours, quel que soit le temps, quel que soit leur état de santé, les Amas plongent en apnée.

Tous les jours, au lever et au coucher du soleil, mon père les regarde comme jamais il ne me regarde.

Car j'ai surpris son regard plus d'une fois, quand il me croyait ailleurs, quand il ne savait pas que je venais me glisser à ses côtés, je surprenais cet air admiratif, ces yeux humides de fierté. Parfois j'ai tenté de prendre sa main, mais il résistait, comme s'il refusait de s'ouvrir à moi. Tandis que ma main voulait se faire caresse, ma bouche d'enfant formulait des inquiétudes, des doutes, des questions.

Tout cela restait sans réponse.

Il ne mentait pas, il ne niait pas, il ne répondait juste pas.

De ma mère, je ne sais rien. Même les lèvres d'Aiko la bavarde restent scellées. Jamais elle ne m'a raconté son histoire. Tout ce qu'elle me rapporte concerne l'après. Quand le corps et l'esprit de ma mère se sont séparés.

— Laisse les morts là où ils sont, Himeko. Quand ta mère nous a quittés, son âme est devenue un *kami*, un esprit de la nature, et son corps est parti habiter le *Yomi*, le royaume des morts. C'est tout ce que tu dois savoir. Occupe-toi des vivants, Himeko.

Mais que faire si les vivants ne veulent pas qu'on s'occupe d'eux ?

C'est cette silhouette sur la plage qui a aussi dicté ma décision, celle de devenir Ama. Je ne suis pas légitime, car normalement on devient Ama de mère en fille, c'est un flambeau qui se transmet, ou en épousant un pêcheur. Mais qu'importe.

Cela fait des semaines que je m'entraîne en secret. Que j'enfile ma combinaison, mon masque, et que j'imite le sifflement typique des Amas pour remplir mes poumons d'air avant de plonger dans les profondeurs. On ne m'a rien appris, moi aussi je les ai observées.

Des semaines que j'attends le moment de voir briller ses yeux en me regardant.

Ce matin encore, je l'attends. L'eau me semble glacée, seule ma tête dépasse de la surface, mon corps est immergé. Patience.

Je sais qu'il ne faut pas trop bouger, au risque de dépenser trop d'énergie, de se fatiguer et d'avoir encore plus froid. Je m'efforce de rester immobile et de ne pas trop regarder vers les profondeurs de l'eau, prête à m'engloutir. Les vaguelettes sont comme des boutons de roses posés sur l'eau, le ciel est bleu, sans nuages. Cette aurore sera celle de ma renaissance, il ne peut en être autrement.

Les Amas sont là, mon père ne devrait plus tarder. La plus vieille, celle qui connaît Aiko, allume le feu sur la plage. Je connais leurs gestes par cœur. Ensemble, elles commencent le rituel de *Goma taki* en faisant brûler des brindilles de bois purifiées par un prêtre avant de déposer un peu de cendre sur leur front. Elles s'assurent ainsi d'être protégées durant leur pêche. Je prie en silence pour que leur rituel me protège également.

Elles ajustent leur tenue et plient leur voile blanc sacré puis plongent non loin de moi. L'une d'elles me défie de son regard insolent. Sait-elle qui je suis ? Sait-elle que l'on a fait de moi la fille de l'eau ? Par réflexe, je pose ma main sur l'étoile que j'ai accrochée à ma bouée, l'étoile qui guide les pêcheuses depuis des siècles.

Je reste calme pour que mon cœur ne s'emballe pas. Son rythme doit rester régulier.

Bam-bam, bam-bam, bam-bam.

Enfin, je le vois. Sa petite silhouette me paraît encore plus frêle vue de face.

Il m'aperçoit et ses yeux s'écarquillent.

« Regarde-moi, papa. Sois fier, je suis une Ama. »

Sans attendre, mon couteau à la main, je plonge. Mes palmes me propulsent au fond de l'océan. Sur les rochers, des algues aux multiples couleurs ondoient. Je les touche pour voir si un ormeau ne se cache pas à leur base.

Je cherche.

Je suis en quête de trésor, de sa fierté, d'identité.

Les mains vides, je remonte à la surface pour reprendre de l'air. Avant de repartir, j'aperçois mon père qui s'est approché du rivage. La main placée sur les sourcils, il scrute l'horizon. Non, il me scrute.

Enfin, j'existe.

Je plonge à nouveau.

Je recommence mon travail de recherche mais je ne trouve rien. Les larmes commencent à me piquer les yeux et viennent former des gouttelettes de désespoir sur mon masque.

Il me faut remonter encore une fois à la surface, les mains vides, le cœur lourd.

— Himeko ! hurle mon père. Himeko, reviens !

J'essuie mes yeux, replace mon masque et me laisse encore une fois engloutir par les flots. Je ne peux pas abandonner.

« *Kami* de maman, esprit de lumière, apporte-moi le courage d'être celle que je dois être. »

Ce n'est pas du sang qui coule dans mes veines, c'est du sel.

Enfin, je retrouve la sensation de ne faire qu'un avec l'eau. Mon corps glisse, léger. Je me tiens au milieu d'un banc de poissons qui me caressent au passage. J'ai la sensation étrange que mes poils se hérissent comme par capillarité. Je suis devenue un animal marin. Je regarde la surface par en dessous, c'est flou, c'est beau. Les rayons du soleil traversent l'eau pour venir éclairer l'obscurité océanique.

Au moment où je m'apprête à remonter pour respirer, j'aperçois quelque chose qui brille. Je le tiens, mon trésor : une perle dans une huître légèrement ouverte. Elle est bien plus bas que là où je me trouve, et je prends un risque, à m'aventurer aussi loin alors même que mes poumons m'envoient une alerte. Je sais aussi que si je m'approche trop vite de l'huître, elle se refermera, son muscle viendra coller ses parois et ce sera trop tard.

« Ryujin, dieu de la Mer, symbole de la puissance de l'océan, ne me laisse pas. »

Je choisis de tout risquer. Je suis de plus en plus proche, mais mes poumons me brûlent.

J'ai envie d'ouvrir la bouche pour la remplir d'air mais c'est impossible.

Je tends les doigts, j'y suis presque, je vais l'avoir.

Une pieuvre m'attrape par-derrière au moment même où je perds connaissance.

— Himeko !

Est-ce la pieuvre, au service de Ryujin, qui me parle ?

— Himeko, réveille-toi, ma fille ! Qu'ai-je fait, mon enfant ?

Mon père pleure.

Suis-je en train de rêver ? La vieille Aiko est là également, elle se penche sur moi. Sa tête cache le soleil, son ombre me fait du bien.

— Dis-lui, Kabuki, elle doit savoir.

— Oh, Himeko, je suis tellement désolé. Toutes ces choses que je ne t'ai jamais dites parce qu'elles me faisaient souffrir et parce que, j'en étais sûr, elles te feraient souffrir aussi. Ta mère était Ama, Himeko.

Elle est morte en te donnant naissance dans ce même océan, tombeau de mes rêves. J'ai appris à chérir sa mémoire et à détester cette mer cruelle, qui nous nourrit mais qui l'a avalée. Et chaque jour, au lever du soleil, au coucher du soleil, je guette les Amas avec jalousie et tristesse.

« Continue, papa, dis-moi tout. Je suis fille de l'eau, je peux tout entendre. »

— Elle était tout pour moi, mais à trop raviver son fantôme, je t'ai oubliée, toi, ma fille. Excuse-moi, excuse mon ignorance, ma froideur et ma lâcheté. Reviens-moi, Himeko, j'ai besoin de toi.

Dans ma main se cache un trésor. Une perle. Je trouve la force de tendre mon bras et de déposer au creux de la main de mon père ce trésor.

Ce présent est le signe de notre renaissance, il le reçoit comme tel. Nos bouches sont fermées, viendra le temps où il me dira tout, mais pour le moment, nos yeux parlent en silence.

Je suis Ama et je le resterai.

Ce n'est pas du sang qui coule dans mes veines, c'est du sel.

AURÉLIE WELLENSTEIN

LA DERNIÈRE FILLE SUR LE SABLE

Où que vous soyez sur Terre, aujourd'hui, vous entendez la mer. Même dans ma chambre, même dans mon lit, je l'entends encore. Mon cœur bat lourdement au rythme des vagues. C'est un bruit lent et inlassable. Je sais qu'un jour, la mer m'engloutira, comme elle a déjà submergé la majeure partie des terres. Si je n'ai pas été choisie par mon animal-totem d'ici là, je suis condamnée à me noyer. Alors, j'attends qu'il vienne me chercher. J'attends que mon corps d'humaine se métamorphose et épouse l'apparence de mon sauveur, afin que je puisse le suivre sous l'eau vers une nouvelle vie. Depuis très longtemps, j'attends. Mais les bêtes, toujours, me fuient. Je vois les autres enfants s'enfoncer dans les vagues. Ils sont accueillis et guidés par les poissons, les baleines et les dauphins. Moi, je reste sur le sable brûlant, cernée par la montée des eaux. Mon pays, déjà, n'est plus qu'une île. Chaque jour qui passe me rapproche de la fin.

*

Impossible de dormir avec cette chaleur.

Impossible, surtout, à cause de la peur. Mes cauchemars sont pleins d'eau. En rêve, je me suis noyée mille fois.

Je me lève sans un bruit. Ma mère m'a interdit de sortir l'après-midi. Le soleil rend fou, dit-elle. Mais je dois faire un nouvel essai. Il me reste si peu de temps.

Je traverse la ville silencieuse. La plupart des maisons sont vides, abandonnées aux quatre vents. Tant de gens sont déjà partis. Ils ont rejoint la mer, soulagés et heureux, en compagnie de leur animal-totem. Je me souviens des processions et des cérémonies de mon enfance. Chaque départ était une fête. Nous accompagnions l'élu en chantant. Sur la plage, c'étaient des embrassades, des larmes de joie.

Il n'y a plus de fête aujourd'hui.

Parfois, j'ai le sentiment que je serai la dernière sur le sable. Il ne restera que moi, toute seule, obligée d'attendre la mort avec mes souvenirs.

Je dépasse les totems qu'ont édifiés mes anciens voisins. Ce sont des sculptures en bois représentant des animaux marins entrelacés. Des colliers de perles et de coquillages sont suspendus à leur sommet. Jadis, les gens déposaient également des offrandes : bijoux d'or et de cornaline, anneaux d'ivoire et d'argent, plumes d'oiseaux multicolores et nectars de fruits. Nous n'avons plus de trésors à offrir désormais. À vrai dire, nous n'avons plus grand-chose.

Je me demande s'il existe des signes avant-coureurs de la venue de son animal-totem, des présages ? Ou bien si cela arrive tout d'un coup ?

Cela m'angoisse car je ne ressens rien, à part cette peur terrible d'être la dernière, celle qu'on ne choisit pas, celle qu'on abandonne derrière soi.

Quand l'école existait encore, les autres enfants me menaçaient, comme s'ils savaient :

« Aucun animal ne viendra te chercher ! »

« Tu finiras toute seule ! »

Jamais je n'ai pleuré devant eux. Au contraire. Je leur montrais les dents, je leur jetais du sable. Mais le soir, dans les bras de ma mère, quand les autres ne pouvaient plus me voir, j'éclatais en sanglots. Maman me caressait les cheveux, me rassurait.

— C'est parce que tu es plus grande qu'eux, disait-elle. Ils sont jaloux.

C'est vrai que je suis grande. Je l'ai toujours été. Mes épaules sont larges. J'ai une mâchoire proéminente un peu carrée, et de longues mains.

Est-ce que cela suffit à expliquer leur rejet ? Des moqueries sans fin, juste pour quelques centimètres d'os ?

*

Je marche sur le sable.

Nous n'avons pas toujours habité une île. Avant la montée des eaux, j'aurais dû parcourir précisément cent soixante-six kilomètres pour voir la mer ! Des lampadaires rouillés se succèdent le long de ma route. Sous mes pieds gisent les épaves des voitures et des camions. Il suffirait que je gratte le sable pour déterrer un capot ou un pare-brise. Un bus subsiste, à moitié enfoncé dans un talus de sel. J'aime bien y venir et m'installer sur ses vieux fauteuils. J'imagine la vie des gens, avant, quand ils roulaient à toute allure dans des villes immenses et bruyantes.

Aujourd'hui, je ne m'arrête pas. Le soleil d'hiver cogne sur le sable. C'est aveuglant et je suis obligée de plisser les yeux. J'entends toujours la mer et les vagues qui se brisent sur la plage. Petit à petit, elles grignotent notre île. Combien de temps avant qu'elles ne recouvrent cet endroit ? Une semaine ? Deux ? Un mois ? Le bus finira au fond de l'eau et moi aussi. Fin de l'histoire.

Trouver mon animal-totem m'obsède. Ça fait comme un tic-tac dans ma tête. Mes pensées sont des bombes. Mon père a rejoint la mer il y a six mois. Ma mère a depuis longtemps été choisie par un magnifique narval qui revient chaque jour l'appeler, mais elle résiste à la métamorphose et se détourne de lui. Son sacrifice me fait honte. Elle ne reste que pour moi.

L'urgence me fait mal. Je dois réussir.

Je jette mes vêtements et mes chaussures sur la plage et j'entre dans la mer en convoquant de toute mon âme l'animal qui me sauvera. L'eau rampe sur mes mollets nus. Je frémis malgré moi et je supplie :

— Venez me chercher !

Ma voix résonne bizarrement. Je m'enfonce jusqu'aux genoux puis jusqu'aux cuisses. Une vague se creuse et m'aspire vers le large. Je sais que c'est dangereux, mais je me laisse emporter. Ça en vaut la peine.

Comme je dérive, tout à coup, un aileron surgit non loin de moi. Je m'immobilise, saisie. Le gros animal bombe le dos sous la surface. Je n'ose plus respirer. Je suis tellement nerveuse. Le dauphin s'arrête lui aussi et m'observe à distance de son œil rond, malin et gentil, plein de curiosité. Sa queue bat doucement l'eau. La tête levée, il est immobile, attentif. Ses mâchoires dessinent un sourire espiègle. Je suis transportée de joie. Il va me choisir ! Enfin ! il va m'emmener. Alors, ma mère pourra partir elle aussi, rejoindre les narvals.

Je me laisse couler pour le regarder entièrement. Deux mètres cinquante de long, le ventre blanc, c'est un mâle tursiops. Il est si beau ! J'ai l'impression que je vais éclater de bonheur. J'ai envie de rire, mais je dois garder la bouche bien close. Seuls ceux qui ont été choisis par leur animal-totem peuvent respirer sous l'eau.

Je nage vers lui pour le rejoindre, mais alors que je suis toute proche, quelque chose change. Le dauphin s'esquive vers l'arrière et ses yeux ronds me fixent, terrifiés. Puis il effectue un bond fulgurant pour s'éloigner de moi. Il fuse vers le large. En moins de cinq secondes, je l'ai perdu de vue.

Qu'ai-je fait de mal ?

Je ne sais pas. Je ne sais pas.

J'ai tout gâché.

*

Mes vêtements collent à ma peau mouillée quand je rentre chez moi. Le sable crisse dans mes sandales et les grains pointus m'écorchent les pieds. Je me sens mal, lourde, maladroite sur terre. Le dauphin m'a rejetée et me voilà de retour à la case départ, avec mes deux jambes faites pour marcher, mes doigts dépourvus de palmes, mes narines et mes poumons d'humaine, incapables de respirer sous l'eau. Les larmes me montent aux yeux. Je les écrase de la paume et respire fort pour ravaler la boule qui m'obstrue la gorge. Hors de question que mes derniers voisins me voient craquer. Comme je traverse le village en sens inverse, je sens qu'ils m'observent. J'accélère pour me soustraire à leur regard moqueur.

Dans l'ombre chaude de ma maison, ma mère me serre dans ses bras. Elle est belle, avec son épaisse chevelure, ses yeux doux, brillants comme deux galets noirs. Elle me sourit et je me sens mieux, rassurée. Je ne sais pas comment elle fait. Elle doit être un peu magicienne.

*

Un mois a passé.

Nos voisins sont partis les uns après les autres, emmenés vers le large par leurs animaux-totems. Il n'y a plus que ma mère et moi dans la ville fantôme, au milieu des champs grillés et de la terre rouge sur laquelle monte la mer. Tous les jours, je m'avance dans l'eau dans l'espoir qu'on me choisisse, mais les poissons s'enfuient comme si je les épouvantais.

— Il ne faut pas leur en vouloir, me dit ma mère. Les humains leur ont fait beaucoup de mal.

Mais ça n'a aucun sens. Moi, je ne leur ai rien fait ! Alors, pourquoi me rejettent-ils ? Je suis condamnée à cause d'une faute qu'ont commise mes ancêtres. L'injustice me serre la gorge.

Chaque jour, avec terreur, je vois ma mère changer. Elle a repoussé la métamorphose le plus longtemps possible, pour moi, mais maintenant, elle n'arrive plus à différer l'appel. Le narval qui l'a choisie nage inlassablement le long de la côte, se rapprochant de notre maison au fur et à mesure que l'eau monte.

Jusqu'au matin où je lève les yeux sur ma mère et ses prunelles sont jaunes, luisantes, un regard de créature marine qui me pétrifie.

— Je n'en peux plus, ma chérie. Je dois y aller.

Je sais. Je comprends. Je la serre une dernière fois dans mes bras et je l'embrasse sur le front. Tandis que je l'accompagne en silence sur le sable, ma mère boite comme si elle marchait sur des braises. J'essaie de l'aider, mais nous tombons toutes les deux. Je veux la relever. Je tire trop fort sur son bras et elle crie. C'est égoïste, mais je voudrais qu'elle repousse une fois de plus son animalité. Qu'elle m'accorde juste un jour de plus, juste une heure… Comment vais-je vivre sans elle ? Comment vais-je faire, toute seule ?

— Non, murmure-t-elle. Je suis désolée. Je n'y arrive plus.

Je voudrais pourtant qu'elle se redresse, qu'elle soit encore comme moi, sur deux jambes, mais la métamorphose est trop avancée désormais et elle se traîne en rampant vers la mer.

Au moment où elle se glisse dans l'eau, tout change. Dès la première coulée, elle revit. Sa nage est fluide, puissante et rapide. Ses bras, sans forcer, tirent l'eau avec une grâce infinie.

Elle se retourne vers moi. Dans la transparence, je remarque que ses jambes ne font plus qu'une. Juste derrière elle, son compagnon-animal l'attend, sa corne d'os dressée hors des flots.

Ma mère me regarde une dernière fois et dans un soupir me dit qu'elle m'aime.

Mes yeux s'emplissent de larmes comme je la vois bondir au-dessus des vagues. Sa queue fouette l'eau. Elle disparaît et moi, je sombre.

Je suis heureuse pour elle ; je suis triste pour moi.

Je ne sais pas combien de temps je reste là, sur le sable, au bord de cet autre monde qui refuse de m'ouvrir ses portes. Quand je reprends conscience, la lune est au-dessus de moi, énorme.

Personne n'est venu me chercher.

*

Un nouveau mois a passé.

Pour moi, une éternité.

Depuis deux jours, je me suis réfugiée sur le toit de ma maison. L'eau m'encercle, elle clapote à perte de vue, pleine d'étincelles et de reflets. Le soleil me brûle la peau. J'ai si soif. La fin est proche.

Je me laisse glisser dans l'eau. Étendue sur le dos, je regarde le ciel bleu. Le courant m'entraîne loin de ma petite maison. Plus rien n'existe. Le monde des humains a disparu. La planète n'est plus qu'un seul océan. Je dérive vers l'inconnu. Je glisse au milieu du ciel.

Pendant longtemps, rien ne se passe, puis je sens un puissant remous sous mon dos et mes épaules. La température de l'eau fraîchit brusquement. Un bruit de cascade enfle soudain. Effarée, je vois un aileron gris crever la surface. Il est haut comme la voile d'un bateau. L'ombre de l'animal, colossale, glisse sous moi, pareille à un missile, une torpille, non : un sous-marin. Je n'en crois pas mes yeux. Mon sang se glace. Je pourrais mourir, mon cœur pourrait s'arrêter. Car ce n'est pas un simple requin qui nage à quelques centimètres sous moi : c'est un mégalodon, une espèce que je croyais éteinte, un monstre préhistorique surgi du fond des âges. J'ai prié pour être choisie par un animal, je vais mourir entre les mâchoires d'un monstre.

Un autre requin ancestral remonte des abysses, puis un autre et encore un autre. Ils m'encerclent. La horde des mégalodons tournoie lentement à quelques centimètres de moi. Terrifiée, je cesse d'agiter les pieds et je croise les mains sur ma poitrine, mais je coule. Pas le choix, je dois bouger.

Un requin géant me frôle. Je manque de hurler quand le courant ondule contre mon dos. C'est une caresse qui commence par les pieds, remonte mon corps et passe sous ma nuque. Puis, il recommence.

Ce n'est pas une attaque ; c'est un contact.

Tout doucement, je me calme. L'océan entier me porte, comme lorsque je m'endormais sur les épaules de mon père.

D'une torsion souple, je bascule sur le ventre et plonge la tête sous la surface. Un vertige me saisit. Les mégalodons sont des dizaines. Peut-être des centaines. Leurs silhouettes grises et profilées tournoient avec lenteur sous moi, en un mouvement d'horloge hypnotique. Ils s'enfoncent à perte de vue sur des kilomètres et des kilomètres de profondeurs marines.

Tout à coup, je n'ai plus peur. Je comprends enfin que j'ai été choisie. Non pas par un individu, mais par toute une espèce. Mes organes, mon cœur, mes os vibrent à l'unisson de l'ensemble des animaux.

Plus encore, je comprends que ce choix date d'il y a bien longtemps déjà.

Les poissons me fuyaient ; les dauphins me craignaient ; les humains me haïssaient.

Car depuis toujours, mon animal-totem était le mégalodon, le plus grand et le plus ancien de tous les requins.

*

J'ai la tête sous l'eau pour contempler les miens.

Je suis en train de me transformer. Des branchies se sont ouvertes sur les côtés de mon cou et au-dessus de mes seins. Elles me permettent de respirer sous l'eau. Mes doigts sont palmés et mes dents s'aiguisent. Un aileron pointe entre mes omoplates. Une énergie nouvelle afflue en moi. Je pourrais nager des heures. La peur de me noyer n'est plus qu'un lointain cauchemar.

La voix du plus proche animal s'insinue en moi. Elle parle au creux de mon oreille.

— Tu es avec nous désormais, me dit-il.

— Mais pourquoi suis-je liée à vous tous ?

Les réponses des animaux se succèdent avec une harmonie fluide.

— Personne ne s'est jamais lié avec nous.

— Nous faisons peur aux humains.

— À leurs yeux, nous sommes des monstres.

— Pourtant, nous sommes les garants d'un océan vivant.

— Nous avons façonné la vie marine pendant des centaines de millions d'années et nous avons survécu à toutes les grandes périodes d'extinction, jusqu'à aujourd'hui.

— Car à chaque fois qu'un humain refuse de se lier à l'un d'entre nous, ce mégalodon meurt.

— Nous sommes presque éteints.

— Heureusement, tu es là.

— Nous sommes ta dernière chance.

— Tu es notre dernière chance.

Ces paroles m'imprègnent. Je les fais miennes. En effet, je n'avais encore jamais vu personne être élu par ces géants des mers.

— Je suis là, avec vous, lui dis-je.

— Nous savons. Viens.

Je plonge au cœur du tourbillon de requins. C'est comme fendre une haie d'honneur.

Les squales m'ouvrent la mer et, au fur et à mesure que je m'enfonce, je me lie davantage à eux.

Je flotte dans un bleu uni, sombre et profond. En bas, en haut, tout autour de moi, le bleu s'étend à l'infini sans que rien ne vienne en rompre l'harmonie. Mais surtout, je prends conscience des dizaines, des centaines de vies qui m'accompagnent. Au début, c'est confus. Puis je réalise que je peux me fondre en chacun d'eux. Je peux incarner n'importe lequel de ces requins et voir au travers de ses yeux.

Je deviens forte, si forte, moi la fille qu'on a toujours crue faible, et rejetée, tout comme les mégalodons ont été rejetés, craints et haïs. Nous sommes une multitude. Nous sommes partout.

Alors, j'embrasse mon pouvoir. Je m'incarne dans tous les mégalodons du monde. Je survole le toit d'une tour à New York ; je projette mon ombre monstrueuse sur le rond blanc de l'horloge Big Ben à Londres ; je disperse un nuage de poissons argentés au-dessus des pyramides d'Égypte ; mon aileron crève la surface des eaux, quelque part en Australie ; je me faufile sous l'Arc de triomphe à Paris.

Je vais de plus en plus vite, je me joue des distances, je parcours des milliers de kilomètres en une fraction de seconde.

Je suis les océans, je suis la mer, tous les requins.

Je suis devenue une déesse.

Un animal.

TABLE DES MATIÈRES

Si ces récits sur les océans t'ont emporté avec eux, que tu aimes les océans et que tu veux les protéger, tu seras certainement intéressé(e) par l'action de l'association The SeaCleaners.

« The SeaCleaners » signifie « Les Nettoyeurs des Mers ». Tout est dit !

L'association protège les océans en luttant contre la pollution plastique marine. Sa particularité ? Elle agit aussi bien en mer qu'à terre, et à plusieurs niveaux : préventif, pour réduire la pollution plastique dans le futur, et correctif, pour diminuer la pollution qui est déjà présente dans les océans.

Concrètement, The SeaCleaners mène quatre types d'actions :

- Collecter les déchets flottants dans les océans et ramasser ceux qui sont échoués sur les plages.
- Sensibiliser le grand public, avec des animations, des jeux, des interventions dans les écoles…
- Faire de la recherche scientifique pour mieux comprendre la pollution plastique et mieux la combattre.

- Promouvoir un modèle économique alternatif, pour sortir de la culture du « tout jetable » et réduire nos déchets plastiques.

Le projet le plus connu de The SeaCleaners s'appelle le *Manta* : il s'agit d'un bateau « dévoreur » de déchets qui sera mis à l'eau en 2024. Ce géant des mers mesurera 56 mètres de long et plus de 60 mètres de haut. Plus haut que l'Arc de triomphe à Paris !

Il sera capable d'aller en pleine mer pour collecter et traiter en grandes quantités les déchets océaniques flottants avant qu'ils se fragmentent en petits bouts irrécupérables, et pénètrent durablement dans l'écosystème marin. Il pourra ramasser 3 tonnes de déchets par heure, d'une taille aussi petite que 10 millimètres.

Le *Manta* sera propulsé par des énergies propres, comme des éoliennes et des panneaux solaires, pour ne pas polluer. Plus impressionnant encore : grâce à son usine de bord, il transformera le plastique ramassé en énergie pour s'auto-alimenter !

Il a été imaginé par le navigateur et explorateur Yvan Bourgnon, fondateur de The SeaCleaners.

Toi aussi, tu peux agir à ton niveau !

Up2green
Reforestation

L'association Up2Green Reforestation a été fondée en 2009.

Avec les habitants des villages où elle intervient, l'association plante des arbres en Afrique, en Asie et en Amérique Latine et cela depuis maintenant dix ans.

Active en reforestation, l'association mène aussi des projets d'agroforesterie : en plantant des arbres dans les champs cultivés, elle permet ainsi aux paysans d'enrichir les sols et de mieux protéger leur environnement.

Elle a également un rôle pédagogique, en sensibilisant les enfants à l'importance du rôle des forêts et à la préservation de la planète et de ses écosystèmes. Dans ces forêts tropicales, la biodiversité des plantes, des animaux et des insectes doit être préservée.

Les arbres contribuent à la bonne qualité de l'environnement, non seulement par l'oxygène qu'ils produisent mais ausi par l'ombre et la fraîcheur qu'ils apportent. Il est indispensable de les protéger également pour l'enrichissement des sols grâce à la décomposition des feuilles et éviter l'érosion grâce à leurs racines qui gardent l'humidité et l'eau de la terre.

Pour la publication de ce livre, les éditions Auzou s'associent avec Up2Green Reforestation : grâce à l'engagement des auteurs de chaque nouvelle et d'Auzou, les bénéfices de la vente de cette anthologie permettront la plantation de mille arbres. Les éditions Auzou participent ainsi à un programme de reforestation sociale en Inde, dans la province du Gujarat.

Plus de mille familles participent à ce projet. Des arbres fruitiers sont distribués et plantés pour constituer de petits jardins de maison et pour que les enfants puissent manger des fruits. Ces familles sont également sensibilisées à l'importance d'une alimentation variée et à une meilleure gestion de la fertilité des sols et de l'eau. Ainsi, elles bénéficient de nouvelles ressources et de nouvelles connaissances pour améliorer durablement leurs conditions de vie.

Up2Green Reforestation et toutes ces familles vous remercient de votre soutien en lisant ce livre !